Tschingis
Aitmatow

# Kindheit in Kirgisien



Herausgegeben
und aus dem Russischen übersetzt
von Friedrich Hitzer

Unionsverlag
Zürich

Wir danken Maria Urmatowa (Aitmatow)
für die Zusammenstellung der historischen Fotografien
und die dokumentarischen Aufnahmen
am Ende des Bildteils.

*Auf Internet*
Aktuelle Informationen
Dokumente über Autorinnen und Autoren
Materialien zu Büchern
Besuchen Sie uns:
*http://www.unionsverlag.ch*

Unionsverlag Taschenbuch 153

Rieterstrasse 18, CH-8059 Zürich
Telefon 0041-1-281 14 00, Fax 0041-1-281 14 40

Umschlaggestaltung: Heinz Unternährer, Zürich
Umschlagfoto: Herbert Maeder (Ausschnitt)
Druck und Bindung: Clausen & Bosse, Leck
ISBN 3-293-20153-9

Die äußersten Zahlen geben die aktuelle Auflage
und deren Erscheinungsjahr an:
4 5 - 04

## *Inhalt*

Fotografien 7

Vorbemerkung des Herausgebers *21*

Großmutter *23*
Das erste Honorar *34*
Erinnerung an den Vater *40*
Begegnung mit den Wölfen *52*
Wie ich jemanden töten wollte *62*
Die schwarzen Papiere *69*
Das Häschen auf dem Postamt *84*
Sejtaly – der Erste Lehrer *89*
Mullah Tschargin *92*
Student und Esel *99*
Der Fuchs *109*
Der wahre Ismail *115*
Das Jerseyrind und die Pappel *120*
Dshamilja und Danijar *123*

*Beschwörungen*
Beschwörung des Gewitters *135*
Am Gebirgspaß *137*
An den Neumond *138*
Der Sämann *139*

*Zootechnische Arbeiten*
Erfahrungen in der Versuchsfarm *142*
Genügt dreimaliges Melken? *145*
Die Maisration bei der Tierfütterung *149*

Rechts: Chamda Abduwalijew, der Großvater mütterlicherseits. Neben ihm, vorne: Seine Tochter Nagima, die künftige Mutter von Tschingis Aitmatow. Um 1912.

Von rechts nach links: Mutter Nagima mit ihrem Sohn Tschingis. Ihre Schwester Gülscha mit Sohn Asfandijar. Frunse, 1929.

Von links nach rechts: Mutter Nagima mit ihrem Sohn Tschingis. Unbekannte Personen. Kurort Issyk-Ata, 1930.

Von links nach rechts: Mutter Nagima hält den Bruder Ilgis im Arm. Daneben Tschingis bei Nagimas Freundin. Arawan-Bura, Herbst 1932.

Von links nach rechts: Tschingis, Vater Torekul, Mutter Nagima, Bruder Ilgis. Kara-Bura (Talas), 1932.

Die Eltern von Tschingis: Nagima und Torekul Aitmatow.
Frunse, 1935.

Tante Karagys-apa und ihr Ehemann Dosaly, der Jäger (im Vordergrund). Im Hintergrund ihr Sohn Dshaparbek, mit Kindern. Scheker, 1950.

Die Familie Aitmatow. Von links nach rechts: Bruder Ilgis, Schwester Ljuzija, Mutter Nagima, Schwester Rosa, Tschingis. Kara-Bura (Talas), 1949.

Tschingis Aitmatow. Frunse, 1954.

Tschingis Aitmatow. Frunse, 1955.

Sejtaly, der »Schuldirektor«, Vorbild des »Ersten Lehrers«, 1996.

Die Höhle, in der sich Ismail aus der Novelle *Aug in Auge* versteckte.

Bahnstation Maimak. Hier traf Nagima Aitmatow mit den Kindern nach der Verhaftung des Vaters 1937 aus Moskau ein.

# Vorbemerkung des Herausgebers

Als Tschingis Aitmatow 1990 das Amt eines Botschafters der Sowjetunion in Luxemburg antrat, ahnte er noch nicht, daß daraus ein so langer Aufenthalt in Europa werden würde. Aus dem Botschafter der UdSSR wurde nach deren Auflösung Ende 1991 der Vertreter der Russischen Föderation; rund drei Jahre danach der Botschafter der unabhängigen Republik Kyrgyzstan bei der Europäischen Union in Brüssel.

Die Erinnerungen an seine Kindheit und Jugend haben sich bei Tschingis Aitmatow, je länger er sich in Europa aufhielt, immer stärker gezeigt. Er hat nicht nur privat davon erzählt, sondern auch vor großem Publikum dann und wann die eine oder andere Geschichte gleichsam preisgegeben.

Sie waren nirgendwo nachzulesen. Natürlich finden sich in seinem Werk autobiographische Motive, aber meist verschlüsselt und nicht immer im Kontext der Erinnerungen von heute.

Im Mai 1996 gingen wir nach einer Lesereise für einige Tage in Klausur. Tschingis Aitmatow begann zu erzählen, ich zeichnete das gesprochene Wort auf. Er sah die Aufzeichnungen durch, ergänzte und redigierte sie für die Veröffentlichung. Es sollten keine geschriebenen, sondern erzählte Geschichten werden, wiedergegeben in der Tonlage, die er selbst in der Begegnung mit dem Publikum dem Abgelesenen vorzieht.

Friedrich Hitzer

## Großmutter

Zu meiner frühen Kindheit gehört vor allem die Erinnerung an meine Großmutter Aimchan. Sie war eine herausragende Persönlichkeit und genoß bei den Menschen ihres Dorfes hohes Ansehen. Offenbar war sie eine weise Frau. Sie hatte meinem Vater vieles beigebracht und war sehr stolz auf ihn. Sie besuchte uns des öfteren in der Stadt. Sie hatte ihren weißen Turban auf dem Kopf, den Eletschek, den nach unserer nationalen Tradition nur verheiratete Frauen tragen durften. Sie war eine stattliche, anmutige Erscheinung. Der Eletschek stand ihr sehr gut und verlieh ihr etwas Majestätisches.

Fünf Kinder hatte sie auf die Welt gebracht – drei Töchter und zwei Söhne. Eine ihrer Töchter, meine Tante Karagys-apa, die wir noch kennenlernen werden, hat mich in meiner Jugend sehr gefördert.

Die älteste Tochter hieß Aimchul. Ich habe sie noch erlebt. Sie hatte es in ihrer Familie sehr schwer.

Dem Alter nach folgte ihr mein Vater Torekul, danach kam Tante Kulaim.

Der letzte Sprößling von Großmutter Aimchan hieß Ryskulbek. Onkel Ryskulbek war gescheit und gebildet. Er soll den Vorschlag gemacht haben, mir den Namen Tschingis zu geben. Offenbar kannte sich der Onkel in der Geschichte aus. Die Tradition war ihm wohl vertraut, Kinder nach berühmten Persönlichkeiten zu benennen.

Onkel Ryskulbek kam auf gleiche Weise ums Leben wie mein Vater Torekul.

Als ich später, nach dem gewaltsamen Tod meines Vaters, nach Scheker zurückkehrte, kümmerte sich Ryskulbek um uns, er war fünfundzwanzig Jahre alt. Er beschaffte uns Lebensmittel und half, wo er nur konnte.

Aber man holte ihn immer wieder zu Verhören ab. Die Bevollmächtigten des Kreises setzten ihm besonders zu und sorgten dafür, daß er keine Arbeit fand. Eines Tages – im Spätherbst 1937 – tauchten drei Milizionäre auf und holten ihn ab.

Ich schlief bei ihm im Bett.

»Hab keine Angst, schlaf nur, schlaf!« sagte er noch und hüllte mich in eine Decke ein.

Aber ich zitterte vor Angst, während ich im schummrigen Licht einer Petroleumlampe auf die unheimlichen Gesichter der Polizisten blickte.

Wir haben Ryskulbek nie wieder gesehen. Es heißt, er sei in der burjätischen Mongolei umgekommen – in einem Konzentrationslager …

Ja, meine Großmutter Aimchan hatte fünf Kinder. Sie starb am Vorabend dieser schrecklichen Ereignisse …

Sie war eine fesselnde, kluge Persönlichkeit, kannte viele Lieder und Märchen. Sie konnte weder lesen noch schreiben. Und doch stand meine ganze Kindheit unter ihrem strahlenden Glanz – dem Glanz einer märchenhaften Welt.

Es war einmal wieder Sommerszeit, ich war fünf, sechs Jahre alt, und man brachte mich zu Großmutter. Wir brachen auf in die Berge – zum sommerlichen Nomadenlager. Wahrscheinlich war das einer der letzten großen Nomadenzüge in unserer Gegend. Das Nomadenleben neigte sich seinem Ende entgegen. Überall breitete sich die seßhafte Lebensweise aus. Neue Siedlungen entstanden, Kolchosen und Sowchosen. Da spielten die Jahreszeiten nicht die gleiche Rolle wie früher. Der Höhepunkt des Nomadenlebens war nämlich jene Saison, bei der die Menschen mit Kind und Kegel, mit Sack und Pack zu neuen Weidegründen fürs Vieh umsiedelten …

Ich erinnere mich lebhaft an diese Zeit, denn sie zog uns Kinder ganz besonders in ihren Bann.

Wenn die Bewegung zum Aufbruch einsetzt, geraten alle in eine gehobene, ja erregte Stimmung.

Die Jurten werden zusammengetragen. Die Gerätschaften werden auf Kamele, Pferde und Ochsen gepackt. Und danach bricht die ganze Gemeinschaft der Nomaden mit ihren zahlreichen Viehherden aus Steppen und Vorbergen in die Richtung der hohen schneeweißen Bergriesen auf. Sie ziehen über die Pässe hin zum Dschailoo, den sommerlichen Weidegründen im Hochgebirge.

Das Nomadenlager ist ein wohlgeordnetes System, man mußte alles vorkehren, damit die Umsiedlung normal ablief und das Leben in den Bergen im Handumdrehen weitergehen konnte. Dort mußte alles griffbereit sein, auf der Stelle ausgepackt, ausgebreitet und eingerichtet werden können.

Die Viehzüchter und ihre Angehörigen kommen ja an einen völlig menschenleeren Ort. Die Menschen hätten sich an diesem Platz seit langem niedergelassen und angesiedelt, wäre dort ein Leben das ganze Jahr über möglich gewesen. Aber das Dschailoo ist nur im Sommer zugänglich. Bis Ende Mai sind die Gebirgspässe unüberwindbar. Da häufen sich noch meterhohe Eis- und Schneemassen. Und ab Ende September, Anfang Oktober setzen wieder die Schneefälle und Schneestürme ein und schließen die Pässe ab, so daß sie erneut unüberwindlich bleiben – bis zum nächsten Mai. Zwei Drittel des Jahres ist dieser Ort im Hochgebirge von allem abgeschlossen, für nichts und niemanden erreichbar. Nicht einmal für wilde Tiere.

In dieser Zone, bei drei- bis viertausend Metern über dem Meeresspiegel, herrscht polares Klima. Bei Dauerfrost und ewigen Schneestürmen kann nichts bestehen, am allerwenigsten der Mensch. Dafür zieht es ihn aber um so heftiger in die Höhe während der kurzen Frist des Sommers, als müsse er diesen Augenblick nutzen.

In der Folklore wird diese Zeit manchmal mit der Jugend verglichen – der blühenden, glücklichen Jugendzeit, die das Alter rasch einholt und beendet.

Der Dschailoo ist märchenhaft und paradiesisch. Blumen und Gräser der Alpen und Hochgebirge sprießen und blühen phantastisch. Helle und klare Bäche und Flüsse strömen von den Gletschern herab. Allerlei Getier und Vögel tummeln sich reichlich in den Bergwäldern. Es gibt Brennholz in Hülle und Fülle. Dieser Flecken Erde schenkt den Menschen die besten Tage des Lebens.

Die Kirgisen schlugen also zur Sommerszeit an diesen Stellen des Hochgebirges ihre Jurten auf. Und mit Beginn des Herbstes räumten sie wieder diesen Platz des Lebens, um in die Täler zurückzukehren. Dabei mußte man sehr auf der Hut sein, damit sich der Paß vor der Rückkehr nicht schloß. Solche Fälle waren zwar selten, doch kam es vor, daß Menschen aus weiß Gott welchen Gründen den Zeitpunkt der Rückkehr verpaßten und die Steppe nie mehr erreichten. Wenn der Paß verschlossen war, kamen die Menschen um – es gab keinen Ausweg mehr. Wer dort bei Anbruch des Winters zurückbleibt, kommt in den Schneemassen und bei den polaren Frösten um – sogar die Wölfe, die mit den Menschen zurückbleiben. Deshalb waren die Menschen darauf bedacht, die Zeit einzuhalten.

Unser sommerlicher Nomadenzug nahm also seinen Anfang. Großmutter Aimchan ließ mich auf ein Pony steigen. Bis heute erinnere ich mich an das Pferdchen. Ja, man hat ein Kerlchen von fünf, sechs Jahren schon selbst reiten lassen. Für Kinder gab es Sättel, die auf beiden Seiten in Lendenhöhe Schutzleisten hatten, damit das Kind nicht nach links oder nach rechts vom Sattel rutschte. Sie ähnelten gewissermaßen den Kinderstühlen in der Stadt, die auch so gesichert sind, daß die Kleinen am Tisch der Erwachsenen mit Platz nehmen können.

Ich hatte also meinen Sattel und mein Pferdchen und war darauf mächtig stolz. Ich ritt selbständig im Zug der Nomaden mit. Das Pferdchen gehorchte mir. Man hatte mir kein ungestümes Pony ausgewählt, das Hals über Kopf ausreißt. Ich brauchte keine Angst zu haben.

Und so ritt ich an der Seite von Großmutter und den Verwandten. Wir setzten den Herden nach, den Pferden und Schafen. Auf dem Rücken der Kamele schaukelten die Traglasten. Alle zog es zum großen Dschailoo.

Aber welche Vorbereitungen und Mühen kostet dieser Zug über die Pässe, um dort nur zwei Monate zu verbringen, danach zurückzukehren und von neuem dorthin aufzubrechen. Der Hin- wie der Rückweg ist voller Beschwernisse und Gefahren. Mitunter kommt es dabei zu Naturkatastrophen. Aus heiterem Himmel bricht ein Schneesturm los, oder ein Erdrutsch begräbt Menschen und Tiere unter sich, zerstört Hab und Gut. Ganze Familien mit Kind und Kegel, mit Sack und Pack und all den Jurten sind unterwegs. Diese Zeit ist stets mit vielen Vorahnungen und Empfindungen verbunden.

Die Nacht vor dem Zug zum Gebirgspaß hat den Namen *Schykama* – das ist die *Nacht der Sammlung*. Der Nomadenstrom nähert sich dem Ort vor der allerletzten Wegstrecke in die Höhe.

Unsere Karawanen versammelten sich dort gegen Abend.

Es machte wenig Sinn, die Jurten nur für die eine Nacht

zu errichten, deshalb rastete man in Zelten. Lagerfeuer brannten, an denen sich die Menschen wärmten.

Am Fuß der Massen aus Eis und Schnee breitete sich ringsum die rauhe, schöne und majestätische Bergwelt aus. Und man dachte nur das eine: Wie werden wir morgen früh den Gebirgspaß erstürmen? Sogar die Herden spürten diesen Augenblick vorweg – üblicherweise laufen die Tiere achtlos nach allen Seiten auseinander, aber hier verharrten sie alle an Ort und Stelle: Kein einziges Tier entfernte sich. Eine Nacht lang standen die Herden in dicht gedrängten Haufen.

Die Alten – Frauen oder Männer – heben an den Lagerfeuern ihren Sprechgesang an. Sie appellieren an die Geister der Berge und Pässe. Sie tragen ihre Beschwörungen vor.

»Nun sind wir am Fuß des Passes angelangt. Alle sind da – unsere Herden, die Familien und die Kinder, der Hausrat und die Jurten. Wir möchten dort hinauf, um das Licht der Welt zu erblicken. Jenseits des Passes liegen die frischen Wiesen und fließen die klaren Flüsse. Wir wollen dort unseren Sommer verbringen.«

Sie flehen zu den Geistern des Gebirgspasses.

»Haltet uns nicht auf, und schüttet keinen Regen über uns aus! Fallt nicht mit Winden über uns her, und verdeckt uns nicht die Sicht mit Wolken oder Nebel! Verschont uns mit dem Unheil der Elemente!«

»Wir schwören euch: Auch wir lieben diesen Himmel, diesen Paß und diese Berge! Beschert unsere Kinder mit Glück! Laßt das Vieh seinen Weg zum Dschailoo gesund beenden! Und behütet unseren Weg zurück ins Winterlager!«

»Laßt alle Nöte hier unten zurück! Schenkt den Tieren, jeder Kuh und jedem Schaf wie jedem Pferd, das Glück, die Wiesen unterm Himmel zu sehen. Und wir möchten die Vögel hören und die Tiere unterm Himmelszelt erblicken! Wir sagen Dank dem Schöpfer Tenir, Dank dir Tenir, daß es den Weg über den Gebirgspaß gibt.«

Was für eine verzauberte Zeit! Auch in späteren Jahren bin ich zum Dschailoo geritten, aber dann war schon alles anders und der Zauber verflogen. Doch nun herrschte noch eine ursprüngliche, romantische Stimmung vor. Und natürlich kam es zu unvergeßlichen Begebenheiten …

Die erste hatte damit zu tun, daß mir plötzlich ein Zahn weh tat.

Wir hatten uns bereits auf dem Dschailoo niedergelassen und in verschiedene Ails aufgeteilt. Zwanzig bis dreißig Jurten standen jeweils zusammen. Üblicherweise taten sich die verschiedenen Sippschaften und Klans zusammen.

Plötzlich tat mir der Zahn schrecklich weh. Ich hielt mich nicht an die Aufteilung nach Klans, sondern rannte von Jurte zu Jurte. Kein Verwandter, kein Mensch konnte mir helfen. Wer sollte da auch einspringen – Zahnärzte gab es sowieso nicht.

Der Zahn schmerzte Tag und Nacht. War ich zuvor mit den anderen Kindern vom frühen Morgen bis zum Anbruch der Dunkelheit durch die blühenden Wiesen gerannt, so lag ich nun da und wimmerte.

Die Kinder rannten um die Wette und spielten unentwegt. Den Erwachsenen war das recht, sie wollten ja, daß die ganze Kinderschar sich in der reinen Natur und der Höhenluft austobte. Niemand hat uns da je zurechtgewiesen. Über uns wölbte sich ein klarer Himmel. Der Himmel leuchtete, und ein Wasser von besonderer Reinheit umgab uns allenthalben wie die Gräser, die sonst nirgendwo so schön wachsen. Wenn da nur nicht mein Zahn gewesen wäre, der mich furchtbar quälte.

Großmutter machte mir Kompressen mit Kräutern, legte einen erhitzten Stein auf die Stelle. Sie tat, was sie konnte, doch nichts half. Da schickte sie einen Verwandten los, einen Pferdehirten. Er sollte einen bekannten Wunderheiler holen. Wo der sich aufhielt, weiß ich nicht mehr, vielleicht im benachbarten Dschailoo.

Der Pferdehirt ritt weg zum Wunderdoktor. Ein zweites Pferd führte er am Zügel. Heute würde man, bräuchte man jemanden, ein Auto hinfahren lassen – aber im Dschailoo, da gibt es bis heute keine Straßen.

Der Zahn tat weiterhin schrecklich weh. Ich weinte und wimmerte und versuchte mich irgendwie abzulenken.

Endlich brachte man den Wunderdoktor. Er war ein alter Mann, aber noch recht munter und beweglich. Großmutter hatte ihn schon von weitem erkannt.

»Da kommen sie endlich.« Großmutter freute sich. »Gott wird uns schon helfen und dich erleichtern.«

Und sie fügte voller Überzeugung hinzu: »Jetzt werden wir deinen Zahn endlich kurieren!«

Ich war rasch auf den Beinen und hüpfte aus der Jurte. Da sah ich, wie unser Verwandter die Furt am Fluß überquerte. Seitlich hinter ihm ritt der Wunderheiler auf dem Pferd, das man ihm eigens geschickt hatte.

Er wurde empfangen, wie sich das gehörte. Ohne Umstände trat er auf mich zu und fragte: »Wo tut's weh?«

Ich heulte sofort und zeigte ihm den Zahn: »Da!«

»Hör auf zu weinen«, sagte er. »Wir kurieren dich auf der Stelle.«

Ich glaubte ihm aufs Wort, dachte mir wohl: Wenn er schon hierhergeritten ist, dann muß es ja stimmen, was er sagt. Und wie wir ihn erwartet hatten!

Der Wunderdoktor streichelte mir über den Kopf und wandte sich an Großmutter: »Sorgt dafür, daß alle anderen verschwinden. Laßt mich mit dem Kind allein in der Jurte. Da soll sich der Junge hinsetzen. Ich bedecke ihn dann mit einem Tuch – von oben bis unten.«

Gesagt, getan. Ich sitze unter ihm auf dem Boden und halte den Kopf gesenkt. Er stellt eine Tasse vor mich hin. In die Tasse kommt eine Kerze, die er anzündet. Sie brennt mit kleiner Flamme.

Und er fängt an zu sprechen: »Öffne deinen Mund, und blicke auf die Kerze!«

Er bedeckt mich mit einem Tuch. Es wird dunkel. Nur die kleine Kerze brennt …

Zuvor sah ich noch, wie sich der Wunderheiler eine rituelle Kleidung überzog. Sie bestand aus Bändern, Federn und Lederstreifen, langen und kurzen. Das zottige Gewand war seltsam. In der Hand hielt er einen langen Stock, der ihn weit überragte. An diesem Stock hingen allerlei Eisenstückchen, Lappen und Lederriemen. Zudem hatte sich der Mann eine merkwürdige Mütze über den Kopf gestülpt.

Ich sitze also unter dem Tuch und über der Kerze und bin völlig bedeckt. Er rennt um mich herum, läßt den Stock erklirren, indem er ihn immer wieder auf die Erde stößt. Dabei gibt er völlig unverständliche Töne von sich und spricht fremdartige Wörter vor sich hin …

Damals wußte ich natürlich nicht, daß es ein Schamane war, der mich kurierte. Obwohl man bei uns den Islam als Religion längst angenommen hatte, war das Schamanenwesen, zumindest in rudimentären Formen, noch erhalten geblieben.

Der Schamane umkreiste mich unentwegt. Er schrie seine Verwünschungen und Anrufungen aus sich heraus.

Erstaunlicherweise – niemand wird es mir glauben, aber es war so und nicht anders – tat der Zahn plötzlich nicht mehr weh.

Der Zahn, der mich tagelang ununterbrochen mit rasenden Schmerzen geplagt, den man mit Salz und heißem Wasser gespült, mit Kompressen und anderen Mittelchen behandelt hatte, ließ mich in Ruhe. Von einem Augenblick zum anderen hörte der Zahnschmerz auf.

Er fragt mich: »Tut's noch weh?«

»Nein, nicht mehr«, antworte ich.

»Siehst du! Bleib noch ein wenig sitzen!«

Ich habe gar nichts dagegen und bleibe sitzen.

Er nimmt das Tuch von meinem Kopf. Und was sehen meine Augen?

Er hatte die kleine Porzellanschale mit Wasser unter die Decke gestellt. Als er die Decke von mir nahm, zeigte er auf diese Schale und sprach: »Sieh doch! Lauter kleine Würmer!«

Ich sah sie tatsächlich. Da krümmten sich Würmchen so dünn wie Haare.

Der Wunderdoktor hatte den Zahn beschworen. So war es doch?

Ich habe das nie vergessen und muß immer wieder daran denken. Denn genau so und nicht anders hat es sich abgespielt …

Viele Jahre später fragte ich Zahnärzte, ob solche Würmchen im Zahn eines Menschen vorkämen.

»Nein, so etwas gibt es nicht«, wurde mir stets geantwortet.

Warum sie aber bei mir wirklich vorkamen, kann ich bis heute nicht erklären.

Der Schamane sagte mir damals: »Schau, sie sind herausgefallen. Alle. Jetzt tut dein Zahn nicht mehr weh!«

Hatte er sie herbeigezaubert? Oder war es so gewesen, wie er es mir erklärte? Für mich ein Rätsel bis heute.

Natürlich hatte ich, kaum war das Zahnweh verschwunden, alles sofort wieder vergessen. Meine Spielkameraden kamen herbeigerannt. Wir tollten wieder umher, hüpften und spielten nach Herzenslust.

Vor lauter Freude schlachtete Großmutter ein Lamm. Dem Schamanen wurde herzlich gedankt. Er erhielt Geschenke und ritt wieder auf dem Pferd, auf dem er gekommen war, davon.

Warum sich den Kopf über das Rätsel zerbrechen? Die Hauptsache war doch – der Zahn tat nicht mehr weh.

# Das erste Honorar

Während der Sommerzeit auf dem Dschailoo verdiente ich mein erstes Honorar.

Obwohl in jenen Jahren die Kolchosen entstanden, trieb man die großen Pferdeherden noch immer auf die Sommerweiden der Dschailoos. Auch für die Herden war das die verschwenderische Zeit eines paradiesischen Lebens. Wenn sich ein Pferd erinnern und phantasieren kann, dann malt es sich bestimmt – daran glaube ich fest – während der kalten Wintermonate die Jahreszeit aus, in der es frei über Hänge und durch rasch dahinfließende Bergflüsse laufen könnte. Die Herde weidet in einer Fülle von saftigen Gräsern und in sattem Grün. Die Pferde erleben Wind, Wetter und Hagel, bewegen sich unter einem riesigen nächtlichen Sternenzelt unter herrlichen Regenfällen, die ihre Körper waschen.

Eines Tages gerieten die Männer auf unserem Dschailoo in helle Aufregung und liefen hin und her. Schließlich versammelten sie sich vor unserer Jurte – sie suchten meine Großmutter auf, um sich mit ihr zu beraten. Es waren die Pferdehirten.

Ihr Zuchthengst war krepiert, das stärkste und wertvollste Tier in der Pferdeherde, das Leittier und der Anführer auf allen Wegen.

Man muß hier erwähnen, daß damals die Zucht bei der Viehhaltung eingeführt wurde. Die Kolchosen und Sowchosen sollten planmäßig organisiert werden. Dazu gehörte auch die Sorge um die Zuchthengste. Ich habe das erst viele Jahre später begriffen und mir lebhaft ausmalen können, ich studierte ja an der Fakultät für Tiermedizin und Viehzucht.

Ein Zuchtbetrieb, der hochwertige und produktive Rassen hervorbringen und deren Eigenschaften dauerhaft festigen will, muß viele Jahre lang Selektionsarbeit leisten. Solche Versuche bei Schafen, Pferden und Großhornvieh wurden zentralisiert durchgeführt. Zu diesem Zweck wurden die Männchen zum Decken mitunter auch aus fernen Ländern hergebracht. Zum Beispiel wurden Schafböcke aus Australien mit heimischen Muttertieren gekreuzt und ließen eine neue Rasse Schafe entstehen. Ähnliches geschah bei der Pferdezucht.

Den Hengst, der auf dem Dschailoo krepiert war, hatte man auch eigens zur Selektion hergebracht. Er war ein berühmter Zuchthengst – ein Dongestütler, für die Kolchose ein ganz besonderes Tier. Und natürlich hatte man den Hengst vom Don auf die herrlichen Weiden in die Berge mitlaufen lassen.

Aber der Hengst vom Don verendete auf völlig unerwartete Weise.

Wir hatten uns an dem Ort niedergelassen, der den Namen *Uu-Sas* trug, das heißt *Giftwiese*. Dort wuchsen giftige Kräuter. Die einheimischen Tiere meiden diese Giftpflanzen aus natürlichem Instinkt. Dem Dongestütler aber ging der heimische Instinkt unserer Pferde ab. Er hatte wohl von diesen Kräutern gefressen.

Mit anderen Burschen rannte ich zu der Stelle, wo das Unglück geschehen war.

Wir wollten mit eigenen Augen sehen, wie das aussah. Der Dongestütler lag seitlich hingestreckt auf der Weide mit einem riesigen, aufgeblähten Wanst und abstehenden Beinen. Sein Kopf war zurückgebogen, mit fletschendem Gebiß und verglasten, unheimlich großen Augen.

Die Hirten standen um das Pferd. Sie waren äußerst erregt, schüttelten den Kopf und seufzten. Sie redeten durcheinander und stritten darüber, wie so etwas geschehen konnte.

Was war da los? Das beste Pferd in der Herde, eigens von weit, weit hergebracht, verendet mir nichts, dir nichts ... Heute ist mir natürlich klar, daß sie auch Angst hatten, man würde sie zur Verantwortung ziehen, mußten sie doch auf das Zuchttier besonders acht geben.

Sie brauchten einen Zeugen, der sie entlastete und plausibel erklären und protokollieren konnte, warum das Pferd krepiert war. Deshalb schickte man einen Eilboten in die Kreisstadt.

Am folgenden Tag traf ein Russe ein. Der Mann war Tierarzt, ein rothaariges, typisch russisches Mannsbild.

Die Hirten bemühen sich, ihm zu erklären, was dem Pferd zugestoßen war. Er hört zu, sieht sich alles an und kann überhaupt nicht verstehen, warum ein gesunder Gaul plötzlich tot umfällt und alle viere von sich streckt – der Körper sieht doch völlig unversehrt aus. Der Hengst hat nichts ausgekotzt und zeigt keinerlei Verletzungen.

Die Leute fuchteln mit den Händen, sie tun alles, um ihm die Sache zu erklären. Aber der Rothaarige kann kein Kirgisisch, und unsere Leute sprechen kein Russisch – damals war es eine Ausnahme, wenn einer beide Sprachen beherrschte.

Plötzlich fällt einem der Hirten ein: Da ist doch der Enkel von Großmutter Aimchan, der kann Russisch.

Auf zu Aimchan! Der Junge muß die Sache erklären, er soll übersetzen und dem russischen Tierarzt erzählen, was mit dem Dongestütler passiert ist ...

Wie immer spielte ich damals mit meinen Freunden im Freien. Großmutter stöberte mich auf, nahm mich bei der

Hand und sagte: »Komm mit und hilf den Leuten, daß sie miteinander reden können.«

»Ich will aber mit dem nicht reden«, antwortete ich ihr. »Ich möchte hier spielen.«

»Aber du kannst die russische Sprache. Wenn du nicht hilfst, werden alle Verwandten böse auf dich sein. Auch auf deinen Vater und deine Mutter. Also los, gehn wir!«

Großmutter schaffte es schließlich, mich zu überreden.

Wir kamen zu der Stelle, an der sich eine große Menschenmenge um das verendete Pferd versammelt hatte – bärtige Alte, die Jungen, fast das ganze Sommerlager hatte sich eingefunden. Mitten unter ihnen stand der Russe, der rothaarige und blauäugige Mann mit den chromledernen Stiefeln und der Lederjacke.

Großmutter Aimchan und ich treffen ein. Alle treten erwartungsvoll auseinander. Man bringt mich zum Tierarzt. Offenbar hat man auf uns schon gewartet – ich war schon angekündigt.

»Na, Junge, grüß dich!« sagte er zu mir. Alle sind verstummt. Ich schweige.

»Sei gegrüßt!« wiederholt er.

Da antworte ich: »Sdrawstwui! Grüß dich!«

»Du willst mir also helfen, ja? Bist ein kluges Kerlchen. Schön! Da ist also das größte Pferd krepiert, siehst du? Da liegt es. Tot! Man wird uns jetzt erklären, warum das passiert ist.«

Ein alter Mann tritt auf mich zu und spricht. Alle übrigen hören und schauen uns zu. Der Alte streichelt mir über den Kopf und sagt: »Söhnchen! Erklär jetzt diesem russischen Mann: Der Ort in den Bergen, wo wir jetzt sind, heißt *Uu-Sas*, die *Giftwiese*. Hier wächst eine Giftpflanze, die unsere Pferde kennen und deshalb nicht fressen. Aber das Pferd da ist ein zugereistes und zum ersten Mal auf den

Dschailoo gekommen, den es nicht kennt. Es hat dieses Kraut gefressen und sich vergiftet, deshalb ist das Pferd verendet. Das mußt du jetzt dem Tierarzt erklären.«

»Na, red schon!«

Der Tierarzt wendet sich ungeduldig an mich und will es genau wissen: »Was hat er denn gesagt?«

»Onkel, das Pferdchen hat schlechte Kräuter gefressen.«

»Was soll denn das sein? Schlechte Kräuter?« Der Tierarzt fragt ganz verwundert.

»Ja, hier gibt es sehr schlechte Kräuter. Unsere Pferde fressen diese Pflanzen nicht, aber das Pferdchen da hat sie gefressen.«

»Aha! Sind die schlechten Kräuter etwa giftig?« bohrt jetzt der Tierarzt nach.

»Genau, wahrscheinlich sind die schlechten Kräuter ganz giftig.«

Der Alte erklärt weiter auf kirgisisch. »Siehst du, wie aufgebläht der Wanst des Pferdes ist? Das ist ein Riesenwanst und nicht normal.«

Ich übersetze. »Das Pferd bekam einen sehr großen Wanst, weil es schlechte Pflanzen gefressen hat.«

»Du bist ein Mordskerl«, sagt darauf der Tierarzt. »Jetzt kann ich alles verstehen und aufschreiben.«

Gleich an Ort und Stelle setzte er ein ordentliches Protokoll auf. Alle Hirten und der Tierarzt unterzeichneten das Protokoll, in dem zu lesen war, daß der Hengst, ein Dongestütler, krepiert war, weil er sich durch giftige Kräuter vergiftet hatte. Alles war wieder im Lot, weil nun das Papier unterschrieben war. Die Leute seufzten erleichtert und beschlossen, den russischen Tierarzt in der Jurte meiner Großmutter zu bewirten. Ihr gehörte die beste Jurte auf dem Dschailoo, auch ihr Geschirr war das schönste. Man schlachtete ein Lamm und verköstigte den Gast.

Ich spielte mit den Kindern draußen vor der Jurte. Plötzlich wurde mir von drinnen zugerufen: »Die Alten rufen dich, geh schon!«

Großmutter Aimchan saß in der Jurte und strahlte voller Stolz. Einer der Alten sagte: »Weil du so ein gescheiter Junge bist und uns beim Übersetzen geholfen hast, damit wir uns verstehen und ein gemeinsames Protokoll unterschreiben konnten, kriegst du jetzt ein schönes Stück Fleisch von uns.«

Das war mein erstes Honorar. Ich erhielt das Stückchen Siedfleisch. Die Spielkameraden erwarteten mich vor der Jurte. »Was war los?« wollten sie von mir wissen.

»Den Schilik hab ich bekommen!« Das ist ein Stück saftiges Fleisch mit Knöchelchen. Wir teilten es unter uns auf und verspeisten es genußvoll. Danach spielten wir weiter.

Auf diese Weise wurde ich zum ersten Mal Dolmetscher aus dem Russischen ins Kirgisische und aus dem Kirgisischen ins Russische. Und diesen beiden Kulturen diene ich bis heute.

Es war eine ganz und gar naive und ursprüngliche Erfahrung. Doch meine Kinderseele sog sie auf, und sie prägte sich mir ein. Die Zweisprachigkeit begleitet mich seit damals durch mein ganzes Leben. Das Schicksal hat mir gleichsam zwei Sprachen mit auf den Weg gegeben. Die Sprache meiner Vorfahren und die russische Sprache, die im 18. Jahrhundert zu uns drang und dann bei uns blieb – runde zweihundert Jahre.

Die russische Sprache hat in die historische Entwicklung und die Kulturen unserer Regionen – ich meine das Gebiet von Turkestan – aktiv eingegriffen. Die Kenntnis der russischen Sprache wurde lebensnotwendig. Im frühen Knabenalter bin ich damit konfrontiert worden.

# Erinnerung an den Vater

Ich sehe vor mir meinen Vater mit seinem dichten, schwarzen Haarschopf, im Feldrock und in hohen Lederstiefeln. Er fährt auf einem Zweispänner, die Kutsche ist offen, die Sitzfläche auf Federn befestigt. Vorne sitzt der Kutscher, und hinten, auf dem Platz für den Fahrgast: dort sitzt mein Vater.

Ich sehe auch die Häuser in Fergana vor mir – ärmliche Häuser mit Flachdächern, die sich um einen umzäunten Hof gruppierten.

Hier spielte sich das Leben im Rahmen eines eigenen Gemeinwesens ab, ja eines ganzen Kollektivsystems – die *Machalla* bildete eine ständige Gemeinschaft im Wohnviertel. Die Älteren – Männer und Frauen – gaben hier den Ton an. Zu einer Bestattung, einer Hochzeit oder einem anderen Ereignis strömten die Leute aus dem ganzen Viertel zusammen. Diese Tradition ist bis heute in Usbekistan erhalten geblieben.

Das Jahr 1934 war angebrochen – mein sechstes Lebensjahr. Mein Vater – Aitmatow, Torekul – war für seine Zeit eine namhafte Persönlichkeit. Er war belesen und gebildet und hatte in Dshambul die Schule der einheimischen russischen Bevölkerung, die Schule Aulie-Ata, abgeschlossen. Noch keine dreißig Jahre alt, übte er sehr verantwortungsvolle Funktionen aus. Eine Revolution war im Anzug – die Kollektivierung der Landwirtschaft stand bevor. Der Masse der Bevölkerung setzte das sehr zu. Den Menschen wurde abverlangt, ihr Leben umzugestalten. Es hieß, man wolle die Armut beseitigen und die großen Ziele durch Arbeit erreichen. Jeder wurde zu verantwortungsbewußtem Handeln aufgerufen. Die angekündigten Umgestaltungen und Umbewertungen lösten auch Hoffnungen aus.

Im Fergana-Tal, im südkirgisischen Bezirk Arawan, widmete man sich ganz und gar der Baumwollwirtschaft. Baumwolle ist eine arbeitsaufwendige Kultur. Die Plantagen wurden so erschlossen, daß die Bewirtschaftung mechanisiert wurde und kollektiv erfolgen konnte. Und eben damit befaßte sich mein Vater – Tag und Nacht war er an der Arbeit, ständig auf Achse und rund um die Uhr im Kontakt mit Menschen.

Meine Kindheit war eine Zeit des Hungers – zu ihr gehört die Erinnerung an die vielen Bettler.

So kam damals ein Junge oft zu unserem Haus. Er war älter als ich, wohl um die zehn, elf Jahre, wahrscheinlich ein Waisenkind. Er verstand sehr gut, sich etwas zum Essen zu erbetteln. Der Junge trat ans offene Fenster, an die Tür zur Straße hin oder zum Hof. Dann erklang seine klagende Stimme. Er sang in gebrochener russisch-kirgisischer Sprache: »Mamoschka, mamoschka, kursok propal, mamoschka!« Muttchen, Muttchen, mein Magen ist leer. Gib mir was zu essen …

Der Gesang war so klagend, daß meine Mutter jedes Mal, wenn sie ihn hörte, mir ein Stück Brot oder sonst etwas Eßbares in die Hand drückte und mich bat, es dem Burschen zu bringen. Und er tauchte ziemlich häufig bei unserem Haus auf. Wir freundeten uns an, und es kam vor, daß er im Hof blieb und wir in unserem Garten spielten.

Auch Vater bemerkte diesen Jungen und erkundigte sich: »Wer ist das? Wohin gehört der Bursche?«

Der Vater rief mich und gab mir eine Münze für den fremden Burschen. Ich weiß nicht mehr, was für eine

Münze das war, aber der Junge hat sich darüber sehr gefreut.

Bis heute sehe ich die Leinentasche vor mir, die Tasche mit den paar Habseligkeiten, die der Bursche immer bei sich trug. Dazu gehörte eine leere Konservendose, die er geschickt zwischen zwei Ziegeln aufstellen konnte. Wir sammelten Reisig, zündeten es an und machten ein Feuerchen. Er kochte sich einen Brei in der Konservendose.

Eines Tages nahm Vater mich auf eine unvergeßliche Reise durch den Bezirk mit. Wir fuhren in die Stadt Andishan, eine der größten Städte im Fergana-Tal, in Usbekistan.

Unterwegs machten Vater und ich oft halt. Viele Menschen kannten ihn und hießen ihn willkommen, um ihre Probleme mit ihm durchzusprechen. Eine verzwickte Zeit war das. Was wurde nicht alles verkündet; so viele große Ideen und Ziele! Aber wie kam man im Leben zurecht, Revolution hin oder her? Was war zu tun, um die alltägliche Existenz auf ein mehr oder weniger erträgliches Niveau zu heben? Die Kollektivierung sollte diese Aufgabe lösen. So wurden Hoffnungen geweckt und zugleich unendliche Erschwernisse aufgetürmt.

Ein schweres Los fiel auf meinen Vater, der aktiv und hingebungsvoll arbeitete …

Bald danach wurde er nach Moskau geschickt. Einzelheiten darüber sind mir unbekannt.

Ich weiß nur, daß er für eine gewisse Zeit nicht mehr bei uns war, während wir nach Bischkek – damals Frunse – zurückzogen.

Er studierte in Moskau – am Institut der sogenannten Roten Professur, wo man offensichtlich Vertreter aus allen Gebieten und Republiken der Sowjetunion in marxistischer

Politologie ausbildete. Unter ihnen studierte auch mein Vater. Wir lebten rund anderthalb Jahre getrennt.

Wir waren drei Geschwister – die Schwester, der kleine Bruder und ich. Schließlich kam der Tag, an dem uns Mutter zum Vater brachte. Nach Moskau. Daran erinnere ich mich sehr wohl.

Zahlreiche Verwandte gaben uns bei der Abfahrt in Frunse das Geleit. In Dshambul erwarteten uns die Verwandten aus dem benachbarten Talas bei der Durchfahrt des Zuges. Alle hatten herausgefunden, wann wir nach Moskau aufbrechen, wollten ihre verwandtschaftlichen Bande zu uns unterstreichen und brachten allerlei Proviant mit.

Die Zugfahrt dauerte immerhin ganze fünf Tage lang. Jeder Fahrgast mußte für sich selbst sorgen und sich um seine Verpflegung kümmern. Nur an den Haltestationen konnte man den Teekessel oder einen Eimer mit abgekochtem oder frischem Wasser füllen. Jeder deckte sich ein, so gut es ging. Für mich war diese lange Reise ein großes und romantisches Abenteuer.

*Wir fahren nach Moskau!* Zum ersten Mal im Leben. Und wir fahren zum Vater.

Wir wußten, daß wir dort bleiben, leben und lernen würden.

Kaum hatte man dem Vater ein Einzelzimmer im Wohnheim zugeteilt, setzte er es auch schon durch, daß die Familie zu ihm nach Moskau reiste.

Den bleibenden Eindruck dieser Reise schenkte mir der Aralsee. Damals war dieser See ein plätscherndes, blaues Meer inmitten der Wüstensteppe.

Das erste Meer in meinem Leben – die Aralsee. Mit seinen Wellen schlug sie fast an die Eisenbahnlinie. Ein wahres Wunder.

Der Zug hielt einige Male an. Wir sprangen sogar ins Freie hinaus. Allerdings nicht für lange. Mutter sorgte sich um uns, war immer auf der Hut, daß uns Knirpsen nichts zustieß.

Wir sahen uns alles genau an. Sogar durch die Fenster und Türen des Zuges weideten sich unsere Augen an der Pracht des Meeres.

Zwischen dem Meer und dem Zug tauchten Menschen auf: Kasachinnen, die Fisch und Eßwaren anboten.

Die Größe und Fülle dieses Meers setzten mich in Erstaunen. Heute kann ich dieses Meer bei meinen Reisen entlang derselben Strecke und denselben Stationen nicht mehr sehen. Es ist geschrumpft und eingetrocknet, ein sterbendes Meer geworden. Zu den wichtigen ökologischen Aufgaben der Welt gehört es, die Aralsee wiederherzustellen und uns in der Form zurückzugeben, wie sie von der Natur über Millionen Jahre an diesem, ihrem Ort erschaffen worden war.

Nach dem Aralsee kam der große Fluß, die Wolga. Und nach der Wolga tauchte Rußland auf mit seinen Wäldern und Feldern und dem Grün. Dann der Kasaner Bahnhof in Moskau. Eine Menschenmenge am Bahnsteig.

Vater erwartete uns …

An mehr erinnere ich mich nicht. Mir ist auch entfallen, wie wir zu unserer Bleibe fuhren, aber – das weiß ich nur zu gut – es hatte uns in die Worowski-Straße verschlagen.

Diese Straße – eine der zentralen und alten Straßen Moskaus – gibt es auch heute noch. In dieser Straße befindet sich der Schriftstellerverband, ein für mich viele Jahre später vertraut gewordener Ort. Gleich daneben lag das Wohnhaus mit der Nummer 25. Es steht noch, obgleich der Name der Straße in jüngster Zeit wieder geändert wurde.

In meiner Kindheit bin ich oft am Hof des Schriftstellerverbands vorübergegangen. Gleich gegenüber lag das allen bekannte *Dom Kinoaktjora*, das »Haus des Filmschauspielers«.

Wenn mich mein Gedächtnis nicht trügt, bin ich 1936, als Maxim Gorki starb, in dieses Haus gegangen. Vater führte mich an der Hand, um sich mit mir vom verstorbenen Gorki zu verabschieden. In dieser Straße sind heutzutage viele Botschaften untergebracht, Vertretungen, Banken und das Oberste Gericht Rußlands. Der Schriftstellerverband und sein Hof sind noch da sowie das »Zentrale Haus der Literaten« und das gegenüberliegende »Haus des Filmschauspielers«.

Schon nach der ersten Ankunft in Moskau waren wir also in ein städtisches Milieu geraten, das mir vertraut bleiben sollte.

Ich ging in Moskau zur Schule, besuchte die erste oder die zweite Klasse, ich weiß aber nicht mehr, wo diese Schule lag.

Jedenfalls waren wir im März oder April 1935 in Moskau eingetroffen und blieben dort bis Ende August 1937.

Vater bemühte sich nach Kräften, uns zum Lesen und Schreiben zu bringen.

Unsere fünfköpfige Familie hauste in nur einem großen Zimmer, in einer sogenannten Gemeinschaftswohnung. Darüber hinaus benutzten wir die Gemeinschaftsküche, die wir mit anderen Familien auf der Etage teilten. Jede Familie hatte ihr Zimmer. Das Haus war prächtig, der Korridor auf dem Stockwerk breit, aber die Familie lebte freilich ziemlich eingeengt.

Unser neues Leben in Moskau hatte seinen Anfang genommen.

Die Episode, die sich mir am meisten einprägte, hing mit dem Vater und dem neuen Kino im »Haus des Filmschauspielers« zusammen. Der sowjetrussische Knüller der Zeit hieß *Solowej-Solowuschka, O Nachtigall, du mein Vögelein.*

Es geht dabei um die Liebesgeschichte eines schönen, leibeigenen Mädchens und eines gleichaltrigen Burschen, der auch ein Leibeigener und schön ist. Beide sind Bedienstete des Gutsbesitzers. Zu Zeiten der Leibeigenschaft hatte ein Gutsbesitzer das Recht, einen unfreien Diener unter der Hand weiterzugeben und zu veräußern. Noch durften die einen Menschen über das Leben anderer frei verfügen und herrschen. Das schöne Mädchen ist aufgeblüht. Sie kann herrlich singen – zum Beispiel *Solowej-Solowuschka,* eine russische Weise.

Der Film, rührend und romantisch, wirkte auf meine kindliche Einbildungskraft stark ein. Ich nahm mir die Tragödie des Mädchens sehr zu Herzen, litt mit, als man sie – natürlich auf der Leinwand – gewaltsam weggab und verkaufte, so daß sie sich vom Geliebten trennen mußte. Der Streifen war packend inszeniert. Das damalige Kino ähnelte mehr dem Theater – die Evolution der Filmkunst vollzog sich erst später.

Die Handlung auf der Leindwand war imponierend: Lieder, Trauer, Tränen, Trennung. Ich fühlte mich dermaßen hingerissen, daß ich mitten im Saal losheulte. Der Vater wußte nicht mehr, was er mit mir, einem ganz und gar aufgelösten Kind, anstellen sollte. Hinausführen wollte er mich offenbar auch nicht, weil er die Geschichte selbst zu Ende ansehen wollte. Er klopfte mir also auf die Schultern, strich mir über den Kopf und bat mich inständig darum, mit dem Flennen aufzuhören.

»Sieh dich um«, sagte er, »die vielen Leute! Da darf man doch nicht so laut heulen.«

Wir sahen den Film bis zum Ende an. Völlig verweint wurde ich heimgebracht. Vater war ziemlich verstimmt, ging zur Mutter und sagte: »Warum muß der Junge nur so wehleidig sein! Natürlich war allen traurig zumute, aber niemand hat laut geweint, er allein flennt einfach drauflos.«

Ich wurde ein bißchen ausgeschimpft und ein wenig liebkost.

Ähnliches wiederholte sich im Sommer 1936.

Im Sommer zieht es die Moskauer hinaus auf ihre Datscha. Eine Datscha ist zumeist nichts anderes als eine gewöhnliche Bauernhütte. Auch wir hatten solch eine Datscha in Parfjonowka, in Moskaus Einzugsgebiet. Man gelangte dorthin mit dem Vorortszug vom Leningrader Bahnhof aus.

Die Strecke war vor allem im Sommer in beiden Richtungen befahren – hinaus aus der Stadt und zurück vom Land. Die Lokomotive puffte und pfiff, ließ Dampf ab und bewegte sich lärmend von der Stelle.

Wir hatte uns zwei Zimmer bei einer ansässigen Familie gemietet, die auf der anderen Seite des Doppelhäuschens wohnte.

Inzwischen waren wir vier Kinder – Rosa, die Jüngste, war auf die Welt gekommen. Sie war noch ein Säugling von vier Monaten und wurde auf Armen getragen.

Für mich war alles herrlich. Ich konnte mit den Dorfburschen spielen. Mitunter rauften wir miteinander. Wir trieben uns am Fluß herum, badeten und wälzten uns im Wasser.

Kuhwarme Milch hat es gegeben! Die müßt ihr trinken, wurde uns eingeschärft, kuhwarm ist die Milch besonders gesund. Wir sammelten Pilze. Kurzum: Wir waren ins echte russische Dorfleben eingetaucht.

Unsere Nachbarn – Vater, Mutter und erwachsene Kinder – hatten immer etwas zu feiern, ob eine Hochzeit oder einen Geburtstag. Dort drängelten sich immer viele Gäste. Burschen liefen hin und her. Wir kannten jedenfalls unsere Nachbarn schon recht gut.

Und da kam es einmal aus heiterem Himmel zu einer Schlägerei. Ausgerechnet Vater und Sohn waren sich in die Wolle geraten, schlugen sich blutig und versetzten sich Fußtritte. Mir stockte der Atem. Entsetzt und voller Mitgefühl rannte ich heulend zu den Eltern.

Vater lief sofort hin und wollte herausfinden, was da los war, ob man etwa mich verprügelt hätte. Nichts dergleichen war geschehen. Er kehrte zurück und sagte: »Wer weiß, was aus dem Kerlchen noch wird! Da haben sich zwei Russen, und dazu noch wildfremde, im Rausch verprügelt. Und unser Bub fängt deswegen an zu heulen. So was! Besoffene schlagen sich, und der weint! Warum nimmt er sich das nur so zu Herzen?«

Mutter beruhigte mich und versuchte, mich zu verteidigen. Ja, fast wie im Kino war es mir auch hier ergangen. Ich war ganz mitgenommen und hatte die Rauferei schmerzhaft und heftig nachempfunden.

Ich habe wohl auch die Schule in Parfjonowka besucht, etwa einen Monat lang. Wir gingen den Bahndamm entlang zum Haus eines ehemaligen Gutsbesitzers, das in eine Schule umgewandelt worden war.

Die Eltern waren auf ihre Art ungewöhnliche Menschen, wach für alles und interessiert daran, die große Welt in sich aufzunehmen. Sie waren aus einer fernen Gegend nach Moskau gekommen und nahmen am damaligen Leben der Hauptstadt intensiven Anteil. Natürlich hat Moskau ihnen viel gegeben, aber dann endete all das auf tragische Weise.

Es begann 1937, die Repression erfaßte auch den Vater …

Wir waren schon im August aus dem Dorf in die Stadt zurückgekehrt, obwohl wir noch hätten bleiben können. Vater muß etwas geahnt haben und drängte deshalb auf den vorzeitigen Aufbruch. Er muß gespürt haben, daß er dem schrecklichen Schicksal nicht würde entrinnen können, und hatte beschlossen, uns nach Kirgisien zu schicken. Er wollte vermeiden, daß wir unserem Schicksal allein überlassen blieben.

Aber wohin mit uns? Die Rückkehr nach Frunse war unmöglich, auch dort wütete die furchtbare Repression. Gab es denn einen anderen Ort für uns?

Maimak war unser Hoffnungsschimmer. Der Flecken Maimak lag an der Eisenbahnstrecke. Der Bahnhof von Maimak war unser Bahnhof! Von dort aus erstrecken sich die Berge. Von dort führt der Weg in die Vorberge – heim nach Scheker, nach Kok-Saj und Artschagul. Und Maimak erreicht der Zug nur durch den Tunnel.

Ein berühmter Tunnel. Mein Großvater Aitmat und dessen Sohn, mein Vater Torekul, hatten diesen Tunnel mitgebaut. Der Bau dieses Tunnels, dann das Studium und der Ausstieg aus dem Nomadenleben im Ail haben dem Vater den Weg ins große Leben geebnet. Er hat viel gesehen und viel dafür getan. Doch er mußte dafür einen hohen Preis zahlen – er bezahlte mit seinem Leben.

Was und warum es getan werden mußte, habe ich damals nicht mitbekommen. Aber als wir zu packen anfingen, begriff ich, was los war, noch in Moskau: Ich sah die Mutter und den Vater an, und mir war klar, daß etwas Schreckliches geschehen war. Vater fährt nicht mit uns. Offenbar darf er es nicht, sonst käme er doch mit uns …

Er handelte aber in weiser Voraussicht und schickte uns in die Heimat zurück – zu Ryskulbek, dem jüngeren Bruder, gottlob gab es den ja noch …

In den letzten Tagen des August 1937 packten wir unsere sieben Sachen zusammen, nachdem wir noch dies und das verkauft hatten. Mit der kleinen Rosa, nun sechs Monate auf der Welt, waren wir vier Geschwister. Vater brachte uns zum Kasaner Bahnhof.

Der Zug steht schon da. Die Türen sind zum Einsteigen geöffnet. Ein Waggon für reservierte Plätze. Mit oberen und unteren Liegen. Er bringt uns auf zweien davon unter. Dann der Abschied. Ich sehe noch, wie Mutter weint und wie Vater die ganze Zeit über sich nur mit Mühe beherrscht. Eigentlich muß er schon längst wieder weg sein.

Im Waggon geht es hektisch zu. Die Menschen drängeln sich. Fahrgäste rennen hin und her. Dann setzt sich der Zug in Bewegung und fährt ab.

Vater rennt sehr lange neben uns her, so lange es nur möglich ist, immer neben dem Fenster, er winkt und winkt uns zu …

Ich lag bereits auf der oberen Bank und hatte alles verstanden, jedenfalls intuitiv mitbekommen – wir werden uns wohl nie wieder sehen!

Ich heulte. In die finstere Nacht hinein. Nur Mutter kriegte es mit. Sie stand immer wieder auf, seufzte, suchte mich zu beruhigen, redete auf mich ein und flehte mich an: »Wir sind doch nicht allein, hier sind noch andere Fahrgäste …«

So haben wir uns von Vater getrennt.

Auf der Strecke durch Kasachstan tauchten kasachische Fahrgäste auf. Die Leute hatten wohl etwas begriffen – sie redeten mir gut zu.

Wir fuhren auch wieder am Aralsee entlang. Auf einer Heimreise, schweren Zeiten entgegen.

Den 1. September 1937 habe ich mir für immer eingeprägt: Nach fünf Tagen, gegen zwei Uhr nachts, kamen wir an der Station Maimak an. Verwandte hatten erfahren, wann wir eintrafen. Sie holten uns ab und brachten uns im Bauernwagen nach Scheker – das heimatliche Dorf, das mir mein ganzes Leben lang vertraut bleiben wird.

Dort blieben wir.

# Begegnung mit den Wölfen

Wölfe gehören zu den frühesten Bildern meiner Kindheit. Wölfe tauchten auf wie alltägliche Geschöpfe, ob in Märchen, die mir erzählt wurden, oder in Geschichten von Augenzeugen. Immer wieder überfielen sie die Schafherden. In unseren Gegenden haben Wölfe das Dasein der Menschen mitgeprägt, erst recht das der Vorfahren. Wie oft haben uns die Alten davon erzählt! Ich selbst bin in freier Natur mit Wölfen zweimal unmittelbar zusammengestoßen …

Von Kindesbeinen an kann ich mich daran erinnern, daß meine Mutter Nagima ständig krank war. Sie litt an chronischem Rheumatismus. Ihre Gelenke an Armen und Beinen waren immer angeschwollen. Sie hatte deshalb unentwegt Schmerzen. Ungeachtet ihrer Krankheit hat sie ohne den Mann vier Kinder großgezogen. Als sie eine Stelle als Buchhalterin und Kontoristin fand, zogen wir aus dem heimischen Scheker fort und ließen uns in Kirowka nieder.

Dort gingen meine jüngeren Brüder, die Schwester und ich zur Schule. Als der Krieg ausbrach, setzten sofort die Schwierigkeiten ein. Es war unheimlich schwer, alle Münder zu füttern, so daß tatsächlich die Frage anstand: Wie sollen und können wir überhaupt weiterleben? Es ging ums nackte Überleben.

Da beschloß meine Mutter, sich in einer Kolchose nach einer Stelle in der Rechnungsführung umzusehen. Das sollte uns das Überleben sichern.

So mußten wir wieder umziehen, ins Dorf Dshijda, das

rund zwanzig Kilometer von Kirowka entfernt liegt, aber nicht nach Scheker hin, sondern in die andere Richtung, das heißt näher zur Stadt Dshambul. Die Entfernung von Scheker hatte sich also verdoppelt.

Mutter erhielt wie alle anderen Kolchosangehörigen eine bestimmte Menge an Getreide und Kartoffeln für die Arbeitstage zugeteilt.

Damit konnte sie den Unterhalt der Familie sicherstellen, obwohl die Lebensmittel für die Ernährung nicht ausreichten. Außer uns vier Kindern mußte Mutter auch ihre ältere Schwester Gülscha-apa versorgen. Auch sie war eine schwerkranke Frau. Und die beiden Schwestern – Mutter und Tante – teilten noch ein bitteres Los: Der Mann von Tante Gülscha-apa war wie unser Vater Torekul ein Opfer der Repression 1937, man hatte ihn erschossen.

Gülscha-apa hatte lange auf eine Nachricht über den Verbleib ihres Mannes gewartet. Vergeblich. Sie hatte all die Jahre nie etwas erfahren.

Ihr einziger Sohn – Asfandijar Tschanyschew – war etwas älter als ich. Er wurde zur Armee eingezogen und kam an die Front. Sie blieb allein zurück und lebte mit uns.

Gülscha-apa war eine kluge Frau. Sie half meiner Mutter im Haushalt und bei der Erziehung von uns Kindern. Aber auch sie lebte von den Einkünften meiner Mutter. Wir waren also eine große Familie, und wir wurden nie satt.

Da beschlossen die Verwandten meines Vaters in Scheker, uns unter die Arme zu greifen. Sie sammelten an die fünf Pud Mais und Weizen, die wir zu Mehl vermahlen sollten – ein Pud entspricht 16,38 Kilogramm.

Mutter lieh sich beim Kolchosvorsitzenden ein Fuhrwerk mit zwei Einspännern aus.

Nachdem wir die Säcke mit dem Getreide geladen hatten, fuhren Mutter und ich durch die Große Schlucht im

Talas-Tal. Von dort wendeten wir uns westwärts in Richtung Scheker – auf den Wegen, über die ich später als Steuereintreiber geritten und dem unbekannten, seltsamen Mann begegnet bin.

Ja, es war diese Straße …

Wir waren am frühen Morgen von Dshijda aufgebrochen. Als wir vor Kirowka eintrafen, war es schon Mittag. Wir fütterten die Pferde, ließen sie ein wenig ausruhen.

Der Abend brach an. Wir fuhren durch die menschenleere Steppe. Niemand war zu sehen. Weder vor uns noch hinter uns. Ich war der Fuhrmann und lenkte die beiden Pferde an der Deichsel. Mutter saß im Bauernwagen.

Plötzlich erblickte ich einen merkwürdigen grauen Hund, der allein dasaß, unweit von der Landstraße, die wir entlangfuhren. Er hielt die Ohren gespitzt und musterte unser Fuhrwerk, das sich auf ihn zubewegte.

Ich sagte: »Mama, Mama, schau mal dorthin! Da sitzt ein Hund.«

Mutter richtete sich auf und sah sich das Tier lange an: »Nein, so sieht kein Hund aus.«

»Aber was könnte es denn sonst sein?« wollte ich wissen.

»Das ist ein Wolf!« sagte sie.

Ich bin überhaupt nicht erschrocken. »Wie spannend! Ein Wolf. Sitzt einfach da und schaut uns an.«

Wir fuhren an ihm vorüber. Plötzlich war der Wolf verschwunden.

Etwas später – nach rund fünf, sechs Kilometern – saß der Wolf wieder da. Auf derselben Seite der Landstraße.

Und da witterten unsere Pferde die Gefahr. Sie fingen an zu schnauben und rannten los. Aber sie hielten das nicht sehr lange durch.

Der Wolf tauchte noch zwei, drei Mal völlig unerwartet am Straßenrand auf. Ich konnte es nicht fassen, daß er immer wiederkam und uns fast die ganze Wegstrecke über begleitete.

Mutter fürchtete sich sehr und weinte. »Was wird jetzt mit uns passieren? Vielleicht tauchen noch andere Wölfe auf. Wölfe greifen doch immer im Rudel an.«

Vielleicht war das aber ein einsamer Wolf ohne Rudel.

Damals ging alles gut …

Als wir am späten Abend in Scheker anlangten, erzählten wir den Vorfall mit dem Wolf unseren Verwandten. Sie hörten uns mit aufgerissenen Augen zu.

Wir mahlten unser Getreide bei der Mühle und blieben noch einen Tag, damit sich die Pferde erholen konnten.

Auf der Rückfahrt begleiteten uns zwei Berittene bis vor Kirowka.

Das war meine erste Begegnung mit einem Wolf. Die zweite verlief dramatischer als die erste …

Während der Kriegsjahre mußten die Kolchosen und Sowchosen einen rigiden Produktionsplan erfüllen, das heißt Getreide, Fleisch und Hackfrüchte fristgemäß abliefern. Die Menge war zuvor festgelegt worden.

Unsere Kolchosen bauten vorwiegend Tabak an und mußten ihr Soll an Tabak erbringen.

Merkwürdigerweise hatte man die kirgisischen Kolchosen aber auch zur Schweinezucht gezwungen – zu einem Gewerbe also, das für sie nicht nur seltsam und ungewohnt war, sondern auch anrüchig, verbietet doch der Islam die Schweinehaltung und den Verzehr von Schweinefleisch. Die örtlichen Parteigremien fanden jedoch einen Ausweg aus der mißlichen Lage. Damit der Staatsplan erfüllt und gleichzeitig die einheimische Bevölkerung in ihren religiösen Gefühlen nicht verletzt wurde, ließ man russische Familien die Schweine züchten.

In den Kriegsjahren waren es vor allem evakuierte russische Familien, die sich Schweine hielten. Solche Leute gab es auch in unserem Dorf Dshijda. Neben der Mühle, die sie betrieben, lag eine kleine Schweinefarm, bewirtschaftet von zwei evakuierten Familien aus Rußland. Sie fütterten ihre Schweine mit den Abfällen von der Mühle.

Der Termin rückte näher, zu dem die ausgewachsenen Säue zur Abgabestelle transportiert werden mußten. Diese Stelle befand sich damals im Dorf Grosnoje, wahrscheinlich weil die Bahnstation ganz in der Nähe lag. Und wir mußten diese Schweine nach Grosnoje bringen und abliefern. Die Ortschaft lag unweit von Scheker.

Der Kolchosvorsitzende wußte, daß ich aus Scheker stammte, und betraute mich deshalb mit der Schweinelieferung.

»Nimm dir zwei Karren, in die legst du jeweils eine große Sau und fährst sie zur Abgabestelle.«

Ich übernahm diesen Auftrag gerne. »Den Weg nach Grosnoje kenne ich wie meine Westentasche.«

Ich war damals knapp vierzehn Jahre alt.

Zwei alte Männer, ein Reiter und ein Fuhrmann, wurden mir zur Seite gestellt. Ich als der Dritte im Bund war zuständig für die Frachtpapiere.

Meine Mutter hatte diese Papiere im Auftrag der Kolchose ausgestellt, der Kolchosvorsitzende hatte sie unterzeichnet. Ich sollte sie bei der Übergabe der Schweine vorschriftsgemäß vorzeigen.

Wir fuhren bei Tag los. Die Schweine brüllten, quiekten und winselten, während man sie verfrachtete. Man hatte ihnen die Läufe gefesselt, sie in die Karren gehievt und von oben mit Heu bedeckt. Die Pferde waren recht munter.

Als Route wählten wir die Kleine Schlucht. Bei uns gibt es zwei Schluchten. Von Dshambul her gelangt man ins

Talas-Tal durch die Große Schlucht. Diese Strecke ist länger als die Route durch die Kleine Schlucht, welche direkt zu unseren Dörfern führt – in die Gegend von Scheker, Grosnoje, Artschagul und Kok-Saj.

Beide Canyons verbinden das Talas-Tal mit der Außenwelt bis auf den heutigen Tag. Seinerzeit ritten wir allerdings vorwiegend durch die Große Schlucht – die Kleine Schlucht war noch wenig bekannt. Der Weg war beschwerlich und anstrengend, aber es war der kürzere von beiden. Die beiden Alten hatten deshalb entschieden, durch die Kleine Schlucht zur Abgabestelle zu fahren. Ich war diesen Weg zuvor noch nie geritten.

Wenn ich heute auf der asphaltierten Straße fahre, die viele Jahre später durch die Kleine Schlucht gebaut wurde, muß ich jedesmal an den ersten Ritt mit den Schweinen denken.

Bis zur Kleinen Schlucht fährt man durch die Vorberge. Wir erreichten den Canyon erst gegen Abend. Der Weg war eben schlecht – eine schmale, gebirgige Route mit ausgefahrenen Spuren. Daneben floß ein kleiner Gebirgsfluß.

In der Schlucht stand damals eine Mühle am Fluß, die es heute nicht mehr gibt. Ich kann mich an die Stelle, wo die Mühle und ein kleines Haus mit Scheune standen, noch gut erinnern.

Es war spät am Abend. Als wir bei der Mühle ankamen, brannte Licht hinter den Fenstern des Hauses. Kalt war's – wir hatten ja Winter.

Die Alten sagten: »Fragen wir den Müller, ob er uns übernachten läßt. Morgen früh reiten wir weiter.«

Ich willigte nur zu gern ein. Mich fror, und wir hatten erst die halbe Wegstrecke hinter uns.

Doch als wir ans Haus heranritten, erlöschte das Licht auf

einmal. Das kleine Haus mit den winzigen Fenstern lag im Dunkeln.

Meine beiden Alten schickten mich als den Jüngsten vor: »Geh hin und klopf an! Sag denen, sie sollen uns übernachten lassen.«

Ich steige vom Wagen, gehe zur Tür und klopfe an. Niemand öffnet. Aber ich höre, daß die Mühle in Betrieb ist. Das Wasser gluckert. Da wird Korn gemahlen. Ich klopfe und klopfe immer hartnäckiger an Tür und Fenster.

Plötzlich ruft eine Männerstimme von drinnen: »Wer ist da?«

Eine Frauenstimme gleich hinterher: »Was wollt ihr?«

»Wir sind Durchreisende«, antworte ich. »Wo sollen wir sonst anklopfen? Laßt uns rein. Nur für die eine Nacht. Morgen früh ziehen wir weiter.«

»Wer seid ihr überhaupt?«

Ich erklärte, daß wir von der Kolchose Dshijda herkommen und nach Grosnoje müssen.

Danach ist es still hinter der Tür. Es dauert ziemlich lang, bis das Licht wieder angeht. Die Tür wird geöffnet. Meine Gefährten und ich können das Haus betreten.

Drinnen sehen wir, daß niemand schläft. In dem Zimmerchen, in das wir geführt wurden, sitzen zwei junge Leute. Wie sich herausstellt, bereitet der Müller sein Bier vor – den Busá aus Gerste und Grütze. Im Winter eine gewohnte Sache. Die Männer sitzen wie üblich in ihrer Runde und süffeln Busá.

Als sie sehen, daß da nur so ein Bürschchen und zwei Alte auftauchen, merken sie wohl, daß sie von uns nichts zu befürchten haben.

Die beiden Typen fragen mich gleich: »Na, sag mal ehrlich, woher ihr kommt und wohin Ihr wollt!«

Und ich lege alles haargenau und aufrichtig dar. »Wir

haben den Auftrag, die Schweine zu transportieren und abzuliefern.«

Sie reagieren daraufhin alles andere als freundlich. »So ist das also. Was seid ihr nur für Hunde! Schämt ihr euch denn gar nicht, Schweine zu transportieren?« Sie beschimpfen uns nach Strich und Faden.

Die beiden Alten fangen schon an, sich zu rechtfertigen. »Das sind doch nicht wir! Der Kolchosvorsitzende hat uns dazu gezwungen.«

»Na schön, so ist's auch nicht gemeint«, lenken sie dann ein. »Da, trinkt mal einen Schluck von unserem Busá! Und noch was: Ihr seid hier nie gewesen, verstanden? Ihr habt nichts gesehen und gehört. Wenn euch aber einfällt, jemandem zu erzählen, ihr seid in diesem Haus gewesen und habt da Leute gesehen und mit denen Busá getrunken, dann könnt ihr euch auf was gefaßt machen. Kapiert?«

So wie die reden, ahne ich sofort: ›Das müssen Deserteure sein. Die verstecken sich doch überall in den umliegenden Bergen, kommen nachts in die Hütte bei der Mühle, um sich ein wenig zu wärmen und Busá zu süffeln. Und ausgerechnet in diesem Moment müssen wir auftauchen.‹

Jedenfalls fühlte ich mich unwohl in meiner Haut. Auch die Alten zeigten sich beunruhigt, obwohl sie ganz gern ein wenig Busá getrunken hätten. Die Wirtsleute gaben ihnen zwei, drei Schälchen zum Trinken und gaben uns den Rat, möglichst rasch abzufahren.

Wir blieben also beim Müller nicht über Nacht, sondern machten uns in tiefster Dunkelheit wieder auf den Weg. Es wurde noch kälter. Vorerst wirkte noch die Wärme des Busá nach.

Schließlich hatten wir das Ende der Kleinen Schlucht erreicht. Von dort dehnen sich weite Steppen aus. Und das Tal mit den hochgewachsenen, dürren Steppengräsern.

Die beiden Weggefährten kannten sich hier ebensowenig aus wie ich selbst. Ich wußte nur die Richtung. Wenn wir die einhielten, dann mußten wir auch nach Grosnoje kommen.

Wir blieben auf der Landstraße und hielten die Richtung.

Der Mond beleuchtete jetzt unseren Weg. Und just in diesem Augenblick blitzten Augen auf. Ganz in der Nähe bewegten sich Flämmchen in der Dunkelheit.

Ein paar Wölfe hatten sich an uns ganz nah herangemacht.

Die Pferde schnaubten unverhofft auf, fingen an zu wiehern und rannten wild los.

Die Schweine in den Karren unterm Heu brüllten wie am Spieß.

Wie die Schweine erwittern konnten, daß Wölfe aufgekreuzt waren, weiß ich nicht. Jedenfalls gellten und winselten sie furchtbar. Und je mehr die Schweine brüllten und quiekten, desto näher rückten die Wölfe.

Die Wölfe liefen neben uns her. Parallel zu den Pferden, die voller Schrecken dahinflogen.

Die Alten kreischten, was das Zeug hielt, brüllten auf die Pferde ein und hielten die Zügel nur noch mit größter Mühe fest.

Ich hatte Angst, vom Wagen zu fallen. Da bekam ich plötzlich einen Stock zu fassen und schlug damit auf die Schweine ein. Das hatte freilich zur Folge, daß die Säue noch entsetzlicher brüllten.

Der Wettlauf mit den Wölfen dauerte lange, sehr lange.

Der Himmel hellte auf.

Ob der liebe Gott mit uns gnädig war oder wir ganz einfach Glück hatten, wer will das heute sagen?

Jedenfalls konnten sich die Wölfe nicht dazu entschließen, über uns herzufallen. Im Gegenteil: Sie blieben allmählich zurück. Da waren immerhin zwei Karren. Und Menschen! Und was für gewaltige Schreie!

Die Wölfe ließen schließlich völlig ab von uns.

Bei Morgengrauen fuhren wir in das mir so vertraute, große russische Dorf Grosnoje ein.

Unsere Karren rollten über die zentrale Hauptstraße der Ortschaft. Keine Menschenseele weit und breit. Wir fuhren ein wie nach einer gewonnenen Schlacht.

Die Pferde konnten die Bauernkarren nur noch mit Mühe ziehen.

Die Schweine schrien nicht mehr.

Und ich dachte mir dabei: »Du mußt diese Schweine möglichst bald loswerden! Wenn dich deine Verwandten sehen, dann sagen die noch – der Junge ist auf den Hund gekommen und Schweinehirt geworden.«

Schließlich konnten wir die Schweine bei der amtlichen Abgabestelle abliefern. Die Alten fuhren mit den leeren Karren zurück nach Dshijda.

Ich ging zu Fuß.

Heim nach Scheker.

## Wie ich jemanden töten wollte

Im Winter, Anfang Februar 1943, traf unsere Familie ein großes Unglück. Im Dorf, das bis heute Dshijda heißt, wohnten wir zusammengepfercht in einer herrenlosen, halb zerfallenen Lehmhütte. Weil es keinen Stall gab, hielten wir unsere Kuh mit Erlaubnis des Vorsitzenden während des Winters im Hof der Kolchose. Die Kuh war unsere Ernährerin, bis heute erinnere ich mich an ihren Rufnamen – Suchra; noch vor dem Krieg hatten Verwandte sie uns als Kalb geschenkt. Ich erzähle das alles, damit klar wird, wieviel uns diese Kuh bedeutete. Auch wir Kinder begriffen, daß wir es ohne die Kuh schwer gehabt hätten zu überleben. Den ganzen Tag über trieben wir uns auf dem Viehhof herum, fütterten und tränkten unsere Suchra, sammelten bei den Nachbarn Speisereste, trugen sie zum Futtertrog und bereiteten so unsere Kuh auf ihr Winterhotel vor. Zu Hause drehten sich alle Gespräche und Erwartungen nur um den Frühling und die Träume von frischer Milch, Quark und Sauerrahm.

Ich werde nie den dämmerigen Wintermorgen vergessen, als ich früher als sonst aufstand und unter dem stürmischen Wind zum Hof ging, um nach der Kuh zu sehen. Ich kam als erster, zu dieser Stunde war noch kein Viehpfleger da. Zunächst konnte ich mir keinen Reim darauf machen, warum unsere Kuh nicht auf ihrem Platz war. Die Box war leer. Ihr Strick lag am Ausgang. Das Tor zum Stall wurde weder tags noch nachts geschlossen, weil es halb kaputt war. Als wir unsere Suchra aufsuchten, kam es mitunter vor, daß sie uns, ihre umsichtigen Besitzer, schon von ferne anmuhte. Nachdem ich die Kuh an ihrem Platz nicht entdeckt hatte, dachte ich zunächst, sie hätte sich selbst befreit und habe sich auf dem Hof verlaufen. Aber ich konnte sie nirgendwo finden, weder in der Scheune noch auf dem Hof. Dann stürzte ich zum Nachtwächter, der in einer Ecke im Heu schlief. Auf meine Frage, wohin unsere Kuh geraten sein konnte, fand er keine Antwort. »Vielleicht hat sie sich losgemacht und im Feld verlaufen«, vermutete er.

Von dem Augenblick an packte mich die Unruhe. Ich lief alles ringsum ab, schaute in Schluchten nach und rannte zum Fluß, wohin die Kühe gewöhnlich zur Tränke getrieben wurden. Nein, unsere Suchra war nirgendwo. Kein Vieh verläßt so früh den Stall.

Ich kapierte, daß ein Unglück geschehen war – man hat die Kuh gestohlen! Ich lief nach Hause, um es Mutter mitzuteilen. Und seit der Stunde war für unsere Familie die Welt gleichsam zusammengestürzt, es bestand kein Zweifel mehr – die Kuh war entführt, von Dieben gestohlen worden. Voller Fassungslosigkeit weinten alle und wußten nicht, wie es weitergehen sollte. Ohne jede Übertreibung war das für uns eine echte Tragödie – vier kleine Kinder, eine kranke Mutter, die vor Asthma keuchte und sich mit dem Rheuma quälte, ebenso kränkelte ihre ältere Schwester, unsere Gülscha-apa, eine alleinstehende Frau, die mit uns lebte – auch ihr Mann war Opfer der Unterdrückung und der achtzehnjährige Sohn an die Front eingezogen. Die Soldatenfrauen aus der Nachbarschaft eilten herbei, klagten und heulten mit. Sie bedauerten uns und verfluchten die Missetäter, flehten Gott an, diese Menschen zu bestrafen, und wünschten ihnen die Pest an den Hals. Bis heute erinnere ich mich daran, wie in mir eine sonderbare, wütende Entschlossenheit hochkroch. Ich war der Älteste und mußte die Jüngsten schützen, ich hatte zu handeln, zuzuschlagen, zu kämpfen und unser Unglück zu rächen. In meinem damaligen Bewußtsein konnte das nur eines bedeuten – die Diebe zu töten.

Und dann ging ich zu unserem Nachbarn, dem Traktoristen Temirbek. (Im Herbst 1990 haben mir meine Landsleute aus Talas mitgeteilt, daß er im Alter von 77 Jahren gestorben ist. Ja, Friede seiner Asche!) Mit Temirbek verband mich die gemeinsame Arbeit. Den ganzen vorausgegangenen Herbst verbrachte ich bei ihm als Hilfsarbeiter und Wasserträger für die Wintersaat. Temirbek war der einzige Traktorist im ganzen Ail, er fuhr den einzigen Traktor, den uns die Maschinen-Traktoren-Station für die landwirtschaftliche Arbeit zugeteilt hatte. Damals bestand unsere gesamte Mechanisierung aus diesem einen Traktor und einem Pflug. Zur Arbeit gehörte, nach jeder gepflügten Furche Wasser in den Kühler des Traktors zu schütten. Das hatte ich zu besorgen – ich trug das Wasser in Kübeln von weither und mußte rechtzeitig nach jeder Wendung des Traktors auf dem Feld eintreffen. Die Arbeit war schwer. Aber ich mühte mich ab, weil wir mit dem Traktoristen zu essen bekamen, und das war die Hauptsache. Temirbek war vom Einsatz an der Front freigestellt, hätte man den einzigen Traktoristen auch in den Krieg gejagt, wären ja die Felder ungepflügt geblieben.

Ich habe also an jenem Morgen das Haus voller Zorn und Entschlossenheit verlassen, ging zu Temirbek und bat ihn um sein Gewehr. Es war die Jagdflinte, die er mir sonst aushändigte, wenn ich nachts auf dem Acker das Faß mit dem Petroleum bewachen mußte. Als ich sein Haus betrat, traf ich ihn krank an. Er hatte starkes Fieber, lag schweißüberströmt im Bett und keuchte schwer. Temirbek hatte schon von unserem Unglück gehört. Und als ich ihm sagte, was ich wollte, verweigerte er mir das Gewehr nicht.

»Hol's dir«, sagte er. »Da hängt's an der Wand, die Patronentasche gleich daneben am Nagel. Wäre ich gesund, würde ich selbst losziehen, den Gaunern aufspüren und sie niederknallen«, fügte er hinzu.

Ich verließ Temirbek mit der geschulterten Patronentasche, dem Gewehr in der Hand und Rachegelüsten in der Brust. Haßerfüllte Bitterkeit verschlang mich, und ich war nicht mehr imstande, an etwas anderes zu denken. Nur noch ein Gedanke zerfraß mich innerlich – um jeden Preis die Diebe zu stellen und auf der Stelle erbarmungslos zu bestrafen.

Die Diebe konnten mit der Kuh noch nicht weit gekommen sein. Eine Kuh ist kein Gaul, die galoppiert nicht. Sie konnten auch nur bei Nacht weiterkommen, am Tag hätte man sie entdeckt, sie mußten sich also bis zum Abend an einem verborgenen Ort verstecken. Und wenn sie das Vieh schlachteten, dann haben sie das Fleisch vergraben und schlafen irgendwo. Was meine Wut noch verstärkte: Die dachten wohl, daß in dieser hergelaufenen Familie, das heißt bei uns zu Hause, keiner da wäre, der ihnen nachsetzen könnte. Da würde ich mit dem Gewehr auftauchen, wie der Blitz aus heiterem Himmel, und sie alle auf der Stelle, egal wie viele, zweie oder dreie, aus nächster Nähe niedermähen, gnadenlos und schrecklich. Ja, ja, nur so und nicht anders!

Ich zog über Felder und durch Schluchten, rannte wie ein Besessener hin und her, lief Rastplätze und das Vorgebirge ab. Es war ziemlich kalt, aber die Kälte bemerkte ich nicht, mir war heiß. Wie ein Wolf fraß ich den Schnee in vollem Lauf. Ich schonte auch nicht meine Stiefel, die einzigen, die ich besaß und mit dem Bruder teilte, blindwütig lief ich über Stock und Stein und durch den Schnee. Und keine Müdigkeit überkam mich. Schließlich waren die

Stiefel fast zerfetzt, und es war schon fast Mittagszeit. Nirgendwo hatte ich jemanden entdeckt. Es war öde und menschenleer in der Welt, der lautlose Wintertag schwer und qualvoll. Leblose Berge und ihre kahlen Zwischenräume umgaben mich. Kein Dieb und kein Muh weit und breit, nicht eine einzige Spur.

Dann dämmerte mir plötzlich, daß die Diebe wohl eher, nein sogar höchstwahrscheinlich sofort in die nächstgelegene Stadt gezogen waren, nach Dshambul. Klarer Fall, sie haben die Kuh in die Stadt entführt, um sie dort zu schlachten und das Fleisch auf dem Markt zu verkaufen.

Dieser Gedanke machte mich noch zorniger. Ohne lange nachzudenken, stürzte ich in Richtung Stadt. Ich wäre dort erst gegen Morgen angekommen, auch wenn ich die ganze Nacht über ohne Rast gelaufen wäre. Aber ich war dazu ohne Bedenken und Schwanken bereit.

Ich zog die Vorberge hinunter zum großen Weg, der zur Stadt führte.In Gedanken malte ich mir aus, was ich dort täte. Ich würde durch den Basar ziehen, in die Gesichter blicken und womöglich das abgezogene Fell unserer Kuh entdecken, nein, auch ohne die Kuhhaut würde ich unfehlbar erkennen, wer die sind, an Gesichtern und Augen. Ich wußte nicht wie, aber ganz gewiß würde ich diese Bösewichter erkennen. Und sie mich! Aber zu spät – ich schieße sie auf der Stelle nieder, gleich hinter der Fleischerbank.

So ging ich weiter, das Gewehr in der Hand, getrieben von ruheloser Rache, ich befand mich schon auf dem großen Weg und bemerkte, noch ganz in Gedanken versunken, gar nicht den Menschen, der mir auf einem Eselchen entgegenritt. Ein gewöhnlicher Alter vom Land, der seines Weges kam. Ärmlich gekleidet, mit einer abgetragenen warmen Mütze, saß der Graubärtige auf dem Esel, der unter dem Sattel dahertrippelte. Der Alte kam vom längst verlassenen Friedhof her, und unsere Wege kreuzten sich. Ich begrüßte ihn nicht einmal, wie sich das gehörte. Danach stand mir nicht der Sinn, ich war mit mir selbst beschäftigt und voller Zorn. Ich wäre an ihm vorübergegangen, aber der Alte hielt mich an.

»Hör, Bursche, willst du jemanden umbringen?«

»Ja«, antwortete ich, ohne über die Frage verwundert zu sein, »ja, das will ich.«

Unsere Blicke begegneten sich. Ich sah in ein ausgemergeltes Gesicht mit ruhigen, verständnisvollen Augen. Er nickte.

»Wenn das so ist, dann übereil dich nicht. Warte, reden wir miteinander. Was treibt dich an zu töten?«

»Die haben unsere trächtige Kuh entführt. Wir sind zu viert, ich bin der Älteste, Mutter und Tante sind krank.«

»Aha! Schrecklich, schrecklich. Aber hör mich an. Rache verbrennt, das willst du doch nicht! Du sollst einen Menschen nicht einmal in Gedanken töten, auch wenn es ein verfluchter Dieb ist.«

Ich schwieg und hielt kaum an mich, um nicht gleich loszuschreien.

»Ich kann dich verstehen«, fuhr der Alte fort, »es tut mir sehr leid um dich und die Deinen, mir geht das bis auf die Knochen. Gehorche mir, dem alten Mann. Du sollst nicht töten! Schlag dir das aus dem Sinn. Geh heim und denk daran: Das Leben selbst bestraft jeden, der solches Übel anrichtet. So ist es. Daran brauchst du nicht zu zweifeln. Die Strafe wird ihm ewig auf den Fersen sein, sich mit ihm schlafen legen und mit ihm aufstehen. Aber dir wird das Leben Glück bringen, wenn du heimkehrst und aufhörst, an Mord zu denken. Das Glück wird dich aufsuchen, und du wirst es gar nicht bemerken, es wird sich in deiner Seele niederlassen. Du denkst wohl, daß ich Stroh dresche. Die Zeit kommt, da du mir recht gibst und dich daran erinnerst. Geh heim, Söhnchen, und erzähl's deiner Mutter, geh heim! Und ich reite meines Weges. Denk nie mehr an Mord, ganz gleich, welches Übel man dir zufügt.«

Ich gehorchte und blickte mich beim Weggehen um – der Alte auf dem Eselchen hatte mir bereits den Rücken zugekehrt. Ich entfernte mich auf dem menschenleeren Feld und hatte das aus Verzweiflung geholte Gewehr über die Schulter gehängt. Jetzt brauchte ich es schon nicht mehr.

Die Sonne ging über dem verschneiten Brachland unter, ich weiß nicht, was mit mir geschah, aber plötzlich heulte ich los, das Weinen ließ den ganzen Körper erzittern. Ich vergoß bittere Tränen und bebte im Gehen, die Stiefel waren endgültig verschlissen, und ich redete wie im Fieber vor mich hin … Und das Gewehr, mit dessen Hilfe ich unseren Kummer rächen wollte, hing über der Schulter …

# Die schwarzen Papiere

Scheker liegt auf einem Plateau im Vorgebirge des Gipfels Manas, gegenüber den berühmten Höhenzügen dieses Gebirges.

Dort hatten meine Vorfahren gelebt und die Großeltern väterlicherseits. Mein Vater wurde dort geboren. Zahlreiche Verwandte, Brüder und Schwestern verbrachten ihr Leben in Scheker. So verbrachte ich also auch die Zeit des Krieges in Scheker und konnte stets auf die Hilfe der Verwandten hoffen. Hier begann meine eigentliche Schulzeit. Sie dauerte aber nicht lange. Ich wohnte bei Tante Karagys-apa, der Schwester meines Vaters.

Der Winter 42/43 war die schwerste Zeit des Krieges. Sie hat mich und die Menschen meiner Generation mit außergewöhnlichen, unvorhersehbaren Nöten konfrontiert.

Alle Männer des Dorfes waren in die Armee eingezogen und an die Front geschickt worden. Die gesamte männliche Bevölkerung war mobilisiert, unter anderem auch Dosaly-Dshesde, der Mann meiner Tante. Er war in der *Trudowaja Armija*, der Arbeitsarmee. Das war eine besondere Form der Mobilisierung, bei der man die arbeitsfähige Bevölkerung auf lebenswichtige Objekte konzentrierte, vor allem auf die Rüstungsindustrie. Ganz allgemein gesprochen, kam das einer Zwangsausbeutung gleich. Die Menschen wurden zur Sklavenarbeit aufgeboten, staffelweise zum Beispiel nach Magnitogorsk verbracht, zur Schwerstarbeit im Steinbruch, zum Erdtransport. Wer in die Arbeitsarmee eingezogen wurde, erhielt außer kärglichster Verpflegung und einem

Nachtlager in der Kaserne nichts. Ich will aber nicht weiter abschweifen und mit diesem Beispiel nur verdeutlichen, unter welchen allgemeinen Umständen man mich als Jungen verpflichtete, als Steuereintreiber zu dienen. Zuvor hatte ich schon ein halbes Jahr lang als Sekretär des Dorfsowjets gearbeitet. Im Grunde war dies der Anfang meines selbständigen Lebensweges.

Wie kam man überhaupt darauf, mich als Sekretär des Dorfsowjets einzusetzen?

Vorsitzender des Dorfsowjets war damals der Hirte Turdubajew Kabylbek. Dieser Tschaban lebt nicht mehr. Er war seinerzeit schon um die sechzig Jahre alt. Ein würdevoller, angesehener Mann, der sich sein ganzes Leben mit Schafzucht befaßte, bis man ihm, dem Bestarbeiter, eines Tages mir nichts, dir nichts vorschlug, Vorsitzender des Dorfsowjets zu werden. Er konnte nur die vier ersten Buchstaben seines Namens schreiben – T. U. R. D. Und diese Buchstaben, TURD, konnte er auf ein Blatt Papier kritzeln. Das war seine Unterschrift. Er brauchte also einen Gehilfen, der lesen und schreiben konnte und obendrein – die russische Sprache beherrschte.

Bei mir traf alles zu. Ich hatte die frühe Kindheit in Frunse und Moskau verbracht und konnte Russisch. Außerdem war ich ein guter Schüler. Für die damalige Zeit ein gebildeter Bursche.

Turdubajew Kabylbek wartete den Rat anderer Dorfbewohner nicht ab, er hatte längst für sich entschieden, ich sei dafür geeignet, als sein Sekretär zu arbeiten.

Also kamen eines Tages zwei ältere Männer und holten mich ab. Ich weiß nicht mehr genau, ob sie zum Haus kamen oder mich gleich von der Schulbank mitnahmen. Sie setzten mich einfach auf die Kruppe eines Gauls und sagten: »Turdubajew Kabylbek will dich sehen.« Gesagt, getan.

Der Vorsitzende musterte mich mit einem zärtlich prüfenden Blick und sagte: »Na sag schon, wie alt bist du?«

Ich war damals gerade vierzehn und antwortete: »Fünfzehn bin ich.«

»Na prima! Mit fünfzehn hab ich schon eine Herde getrieben. Kannst du lesen und schreiben?«

»Jawohl, ich kann lesen und schreiben«, erwiderte ich ihm.

»In dem Fall mußt du wissen, daß ich einen gebildeten und gelernten Sekretär für den Dorfsowjet brauche. Andere als dich gibt es nicht. Sind alle an der Front. Sie haben uns nur Greise, Ungebildete und Minderjährige dagelassen. Du kommst mir gerade gelegen. Also Schluß mit der Schule! Du bist von jetzt an Sekretär des Dorfsowjets. Klar?«

So wurde damals entschieden. Heute würde man darüber diskutieren, nachfragen und sagen: »Ich denk darüber nach.«

Doch wir waren in dem Geist erzogen worden, daß der Ältere, erst recht ein Mann in solch einer Position wie Turdubajew Kabylbek, immer recht hat.

»Schön, ich will's versuchen«, sagte ich. »Vielleicht wird was draus.«

Es war schon gegen Abend, als ich heim kam. Meine Tante Karagys-apa fragte mich: »Na, was hat man dir dort gesagt?« Sie wußte natürlich schon Bescheid.

Ich sagte zu ihr: »Ich bin jetzt der Sekretär des Dorfsowjets.«

»Dann fang gleich an«, sagte sie, »wenn man dir das schon vorschlägt.«

In ihrem Inneren muß sie sehr stolz gewesen sein. Der Bruder, also mein Vater, war Opfer der Repression. Wir alle – die Familienangehörigen eines »Volksfeindes« – galten als Aussätzige. Und da schlägt man ausgerechnet mir, einem Bürschchen von vierzehn Jahren, eine so wichtige Arbeit, ja die Stelle einer Amtsperson vor …

Damit begann mein Weg ins Leben …

Die Aufgaben des Sekretärs haben mich, versteht sich, sofort in den rauhen Alltag gestürzt. Unversehens war ich ohne jeden Übergang aus der Kindheit in die graue, harte Wirklichkeit hineingeraten. Mußte ich doch Zahlen über die Bevölkerung erfassen und melden, die Listen über die Gestellungsbefehle führen – außer der Buchhaltung über Vieh und Wirtschaftsbetriebe lief all das über den Dorfsowjet. Ich war zuständig für die unterschiedlichsten Verwaltungsfragen und Maßnahmen gegenüber der Bevölkerung.

Aber das war erst der Anfang, eigentlich Kleinkram und eher eine Einstimmung auf die Tätigkeit des Steuereintreibers.

Im Sommer – es war wohl Ende August, Anfang September – hatte man auch den Steueragenten eingezogen, einen Burschen namens Toktosun. Er zog fort und kehrte nie mehr heim. Er war irgendwo an der Front gefallen. Um die Zeit war ein verwundeter Soldat aufgetaucht. Er ging an Krücken.

Man beschloß: Soll er doch Sekretär werden, er kann sich zwar nur mit Mühe bewegen, aber diese Arbeit schafft er schon. Und mir wurde der Auftrag erteilt: Ab jetzt bist du der *Finagent* – der Finanzbeamte, du treibst die Steuern ein!

Es ging um die Kriegssteuer – zu jener Zeit das Allerwichtigste. Diese Steuer war tatsächlich die finanzielle Hauptstütze für den Staat. Jede Familie hatte die Kriegssteuer zu entrichten. Da gab es kein Wenn und Aber.

Keine Ausrede von der Art: Ich bin nur ein armer Schlucker, woher nehmen, wenn nicht stehlen!

Die Summe für diese Steuer war amtlich festgelegt. Und ich mußte sie eintreiben, wegbringen und abliefern. Die Belege mußten haargenau stimmen. Jeder Person, der ich diese Gelder abnahm, stellte ich eine Quittung in doppelter Ausfertigung aus. Das Original der Quittung erhielt der Steuerpflichtige, die Kopie nahm ich als Beleg an mich – für die Gesamtliste.

Natürlich geriet ich in eine ungewöhnliche Zwangslage. Immerhin ging es um bares Geld, und Geld bleibt Geld. Auf einmal hatte ich einen ganzen Haufen Scheine beisammen – sie glitten durch meine Hände wie Stroh. Das Geld war nicht viel wert, es herrschte eine schreckliche Inflation. Ich erinnere mich daran, daß ein Pud Mais – das sind rund sechzehn Kilogramm – 3000 Rubel kostete. Der Durchschnittslohn eines Beamten lag bei rund 50 Rubel im Monat!

Die Leute waren gezwungen, ihre letzte Habe auf dem Markt zu verkaufen, auch ihr Vieh, von dem es sowieso immer weniger gab. Um die Kriegssteuer entrichten zu können, schleppte man all das zum Basar, was man versilbern konnte – bis hin zu Kartoffeln und Mais. In unserer Gegend wurde alles nach Dshambul gebracht – zum Aulie-Ata-Markt.

Wenn ich jetzt daran denke, fällt mir auf, wie riesengroß Geduld und Ausdauer des Volkes damals waren. Die Menschen von heute hätten sich kategorisch verweigert oder rebelliert und einen sozialen Zusammenbruch ausgelöst. Damals nagte man zwar am Hungertuch, vegetierte erbärmlich vor sich ihn – aber bezahlte brav die Kriegssteuer. Nein, heute würde das niemand hinnehmen. Seinerzeit war das ganz normal.

Auf mich hat diese Tätigkeit unheimlich gewirkt. Mit eigenen Augen konnte ich den Schrecken sehen und die Erschwernisse hautnah mitbekommen, die das Leben der Menschen belasteten. Ich begriff, wie unerträglich all das für die Leute war, die trotz alledem zahlten. Dieses Geld bekam für mich eine ganz besondere Bedeutung – die ging über das Materielle hinaus und hatte etwas Sakrales an sich.

Als ich nach Hause kam und die Petroleumlampe anzündete, war es schon tiefe Nacht.

Tante Karagys-apa kümmerte sich sehr um mich. Ihr kleiner Sohn Dshaparbek, heute ein alter Mann, war damals noch ein Kerlchen und ging zur Schule. Wir waren enge Freunde und haben die Scheine jedes Mal gemeinsam sortiert.

Unsere Siedlung war groß. Scheker und Artschagul hatten damals zusammen an die siebenhundert Höfe (heute sind es knapp über tausend). Da kam ein großer Haufen Scheine zusammen. Die mußten nachgezählt und richtig sortiert in der Satteltasche verstaut werden.

Am nächsten Tag mußte ich alles zur Bank bringen. Die Bank lag im Zentrum des Rayons. Und am Schalter der Rayonbank hatte ich die Steuergelder abzugeben. Dafür nahm ich dann meinerseits das Dokument, mit dem die Ablieferung quittiert wurde, entgegen.

An diesem Ort befand sich auch das Rayonfinanzamt. Ich gehörte zu seinen Mitarbeitern. Außer ein paar Dienstzimmern hatte das *Raifo* nichts. Es verfügte vor allem über keine Transportmittel. Seine Mitarbeiter, die *Finagenten,* kamen deshalb nur auf Kolchospferden von Ort zu Ort. Pferde aus Kolchosen waren bekanntlich – und besonders in jenen Jahren – Schindmähren, die sich vor Schwäche kaum bewegen konnten. Aber so war ja das ganze Leben.

Ich hatte schon mehrfach meine Erfahrungen machen

können. Üblicherweise ritt ich am frühen Morgen aus, nachdem ich abends zuvor alles für den Transport vorbereitet hatte. Die Taschen war bis oben hin mit Geldpacken vollgestopft und hingen am Sattel. Ich schwang mich dann frühmorgens auf den Gaul, ritt davon, um möglichst schon zur Mittagszeit bei der Rayonbank einzutreffen, das Geld abzuliefern und, falls die Mähre noch einigermaßen beieinander war, noch am späten Abend wieder daheim zu sein. Es kam aber mitunter vor, daß ich unterwegs übernachtete und erst am nächsten Tag nach Scheker zurückkehrte. Die Hauptsache war allemal – rechtzeitig losreiten, das Geld sicher hinbringen und abgeben.

An einem dieser Tage machte ich mich wie sonst auf den Weg. Die Satteltaschen waren mit Geldscheinen vollgestopft. Meine Tante verabschiedete mich. Sie hatte mir für unterwegs einen halben Fladen Brot in die Tasche gesteckt.

Es war ein früher Wintermorgen, als ich aus unserem Ail ritt. Besonders kalt war es nicht. Ich hatte einen großen, langen Soldatenmantel an. Natürlich war der Mantel viel zu groß für mich. Er ging bis zum Boden und hatte überlange Ärmel. Ich trug Stiefel und eine Kirgisenmütze aus Pelz, saß hoch zu Roß – am Sattel hingen die Taschen mit dem Geld.

Meine Strecke kannte ich gut. Mit einem Pferd muß man den vorgegebenen Weg nicht unbedingt einhalten. Aber ich tat es und ritt den alten Weg entlang. Von Grosnoje nach Kirowka hinaus. So hießen damals die besiedelten Orte. Die Bank lag in Kirowka.

Ich komme von Scheker hergeritten. Schräg hinauf zu den Vorbergen. Dann wieder hinab ins Tal. Es ist Vormittag. Weit und breit nichts Verdächtiges. Ich spüre weder Furcht noch Unruhe.

Gemessen an den Maßstäben von heute war es natürlich verantwortungslos und in jeder Hinsicht unvernünftig, auf derart primitive Weise so viel Geld mit sich zu führen – Geld ist doch eine Sache, die man besonders vorsichtig zu transportieren hat. Heutzutage werden solche Geldmengen in gepanzerten Fahrzeugen durch die Straßen gefahren. Trotz aller Absicherungen und Vorkehrungen ist man sich stets der Gefahr eines Überfalls bewußt. Aber damals hatte niemand das Gefühl, er müsse beunruhigt sein, wenn einem Burschen wie mir, ja einer Rotznase auf einem klapprigen Gaul, zwei Sack voller Bargeld anvertraut waren. Ja, so gutmütig und vertrauensvoll war damals das Volk. In unseren Tagen wird um des Geldes wegen geraubt und gemordet. Seinerzeit wäre so etwas niemandem in den Sinn gekommen.

An jenem Tag reite ich also wie immer meines Weges, hin zu dem Ort, an den ich mich bis heute erinnere – an die Kreuzung zur Hauptstraße. Ich reite und singe still vor mich hin.

Plötzlich taucht ein Mensch auf. Woher nur? Ich habe doch gar nichts bemerkt. Aus welchen Büschen ist er hervorgekrochen? Ist er mir vielleicht schon seit längerer Zeit auf den Fersen, und ich habe ihn nicht gesehen?

Es war ein mächtiger Kerl in zerfetzten Kleidern. Seine Füße steckten in verschlissenen, großen Stiefeln aus Kirseituch. Auf dem Kopf trug er eine zerlumpte Mütze. Eine merkwürdige Gestalt. Jedenfalls war er kein Hiesiger und mußte von irgendwoher aufgekreuzt sein.

Je mehr er sich näherte, desto aufmerksamer musterte ich diesen einsamen Wanderer und Landstreicher, den es wer weiß wohin zog. Wahrscheinlich wäre ich in aller Ruhe weitergeritten, wenn er nicht plötzlich stehengeblieben wäre und mich gefragt hätte: »He, Kleiner, was hast du da in deinen Taschen? Ich möchte was zum Fressen.« Wahrscheinlich war er wirklich hungrig …

Und da traf es mich wie der Blitz: Ich kann ihm doch nicht sagen, was in den Taschen steckt!

»Na, warum schweigst du? Was hast du da? Kartoffeln oder Mais? Sag, was ist da drin? Hast du Brot dabei?«

Ich schweige beharrlich. Was soll ich denn sagen? – Nein! Das sieht man doch, daß die Säcke der Satteltasche mit etwas anderem vollgestopft sind. Da können doch keine Kartoffeln oder Mais drinstecken. Aber kann ich denn sagen – da ist Geld drin, und Geld kann niemand fressen. Nein, so etwas kannst du doch einem dahergelaufenen Landstreicher nicht erklären …

Ich war in eine seltsame Lage geraten. Einerseits war sie komisch, andererseits gefährlich und höchst bedrohlich.

Da zog ich die Zügel straff, schlug auf das armselige Pferd ein und ritt an ihm vorbei.

Er schrie empört auf: »Hast du nicht gehört, was ich dir sagte? Los, halt an und wirf mir die Taschen her!«

Weit und breit ist niemand. In der Einöde und auf dem gottverlassenen Weg, weder vor uns noch hinter uns ist eine Menschenseele zu sehen. Wir sind allein. Da kann man nach Belieben schreien und so ein Jüngelchen einschüchtern.

Ich schweige und reite weiter. Und ich schlage ohne Unterlaß auf das Pferd ein.

Dann schreit er plötzlich laut aus sich heraus: »Hörst du mich nicht? Du mußt mir folgen!«

Aber ich peitsche nur noch stärker auf den Gaul ein.

Er jagt hinter mir her.

Ich ihm voraus, so schnell es geht …

Er schreit immer mehr und brüllt, was das Zeug hält. Dann wirft er mir Steine hinterher …

Ich weiß nicht, wie das alles geendet hätte, wäre der Mann nicht krank gewesen.

Auf einmal höre ich, wie er keucht und nach Atem ringt. Nur wenige Minuten sind verstrichen. Er fängt an zu jammern und fleht mich heulend an: »Junge, siehst du denn nicht, daß ich hungrig bin? Ich habe einen langen Weg hinter mir.«

Er war wohl ein Deserteur oder aus dem Gefängnis ausgebrochen. Ich habe nie erfahren, wer er war und warum er auf der Flucht war.

»Bleib stehen, Junge! Gib mir was zu essen! Ich hab solchen Hunger, und du hast was in der Tasche.«

Das Furchtbare an meiner Lage war aber die Tatsache, daß ich ihm nichts sagen konnte. Kein Ja, kein Nein, gar nichts.

Daraufhin muß er zu dem Schluß gelangt sein, daß ich ein grausamer, zynischer Schurke war, und fing an, mich zu verfluchen.

Er schleuderte Stein um Stein hinter mir her, aber traf mich nicht. Und je weiter ich wegritt, desto mehr verließen ihn die Kräfte.

Und da hörte ich ihn brüllen: »Wenn du schon jetzt ein so schrecklicher Mensch bist, was wird dann noch aus dir werden? Furchtbar wirst du sein und niemandem je etwas Gutes tun!«

In diesem Ton beschimpfte und verwünschte er mich. Dabei hätte ich doch, als der Jüngere, ihm, dem Erwachsenen, Rede und Antwort stehen müssen. Zu schweigen, sich taub zu stellen und einfach davonzureiten, das war für ihn wie eine Folter.

Nach einer Weile blickte ich mich um und erkannte, daß er mich nicht mehr würde einholen können – zum Gehen, geschweige denn zum Laufen hatte er keine Kraft mehr. Ich glitt vom Pferd und führte es am Zügel. Auch die Kräfte des Pferdes waren ziemlich erlahmt. Es war eben ein klappriger Kolchosgaul. Die Tiere litten an chronischem Hunger. Sie bekamen nie genug Futter. Mal fehlte es an Heu, mal an Hafer oder Salz, aber die Menschen beuteten die Tiere aus und ritten unentwegt auf ihnen. Nach einem Kilometer Galopp schleppte sich mein Pferd nur noch unter größter Mühe fort. Ich führte es behutsam und zog es am Zügel hinter mir her. Als es sich ein wenig erholt hatte, saß ich wieder auf und ritt weiter …

Das wäre eigentlich die ganze Geschichte. Sie hatte aber ihre Folgen. Wie viele Jahre sind verflossen, ja, mehr als ein halbes Jahrhundert. Ich kann das, was damals geschah, bis heute nicht vergessen.

Wenn ich in meiner engeren Heimat bin und an den alten Orten, muß ich immer an diese Begebenheit denken, obwohl ich mit niemandem darüber spreche. Sie hat mich tief bewegt, das Gefühl von Verantwortung und Gefahr geweckt, aber auch das der Scham und Schande. Das Erlebnis wird mein Gedächtnis nie verlassen.

Jenes Mal bin ich danach bei Bekannten über Nacht in der Kreisstadt geblieben. Ich habe ihnen damals aber nicht erzählt, was mir unterwegs zugestoßen war.

Als ich am nächsten Morgen wieder nach Scheker aufbrach und an dem besagten Ort vorüberritt, fürchtete ich mich davor, der Mann werde nochmal auftauchen. Gleichzeitig wünschte ich mir jedoch, ihm wieder zu begegnen. Jetzt ritt ich ja mit leeren Satteltaschen zurück. Ich hätte ihm nur zu gern etwas zum Essen angeboten, vor allem aber dargelegt, warum ich tags zuvor unmöglich stehenbleiben und erklären konnte: Da ist Geld drin, das Geld der Menschen, das ich eintreiben mußte. Vom Volk, das darbt!

Daß ich es mir nicht erlauben durfte, von diesem Geld etwas abzuzweigen und ihm auszuhändigen. Die in Schweiß und Blut aufgetriebene und mir ausgehändigte Kriegssteuer durfte doch keiner Gefahr ausgesetzt werden, um meine persönliche Sicherheit ging es gar nicht. Jedesmal, wenn ich daran denke, wühlt mich der Zwischenfall wieder auf.

Ich weiß nicht, wie ich mich wirklich verhalten hätte, wenn ich diesem Menschen nochmals begegnet wäre. Ein verrückter Gedanke, der mich später mitunter verfolgte, vor allem auf dem Markt von Dshambul – was machst du nur, wenn der Mann plötzlich auftaucht?

Im Inneren blieb etwas unaussprechlich Schweres zurück. Ich verspürte etwas wie eine Verpflichtung, mich diesem Menschen gegenüber verständlich zu machen.

Aber ich habe ihn nie wieder gesehen. Er stammte nicht aus unserer Gegend und war wohl, wie ich schon sagte, ein Flüchtiger, ein Deserteur oder ein Häftling, der versuchte, sich als Landstreicher durchzuschlagen.

Als ich in Frunse – dem heutigen Bischkek – am landwirtschaftlichen Institut studierte, fiel mir, wie schon zuvor in Dshambul, die Begebenheit wieder ein. Noch immer hoffte ich, ihm vielleicht doch noch zu begegnen – da hätte ich ihm die Geschichte nicht nur erklärt, sondern schon gebeichtet. Der Mann gab mir einen Anstoß zum Schreiben …

Ich habe mich der Literatur zugewandt, um durchlittene Ereignisse zu verarbeiten. Und war in diesem Fall so naiv zu glauben, er würde irgendwann einmal auf das stoßen, was ich geschrieben hatte, es lesen und verstehen, wenn ich ihm schon selbst nicht begegnen und persönlich all das darlegen konnte, was ich damals gedacht und gefühlt hatte …

Auch die »schwarzen Papiere«, die ich den Familien zu überbringen hatte, die schrecklichen Nachrichten über einen gefallenen Angehörigen, haben mich schrecklich mitleiden lassen.

Erfahrungen dieser Art, die ich als Sekretär des Dorfsowjets und als Steuereintreiber machte, setzten jedenfalls die Anfänge zum Schreiben der ersten Novellen – *Dshamilja* und *Aug in Auge*, *Goldspur der Garben* und *Abschied von Gülsary*. All das geht zurück auf meinen ersten Eintritt ins große Leben – in ein Leben, das Kindern zumeist verborgen bleibt. Die kindliche Wahrnehmung der Welt schützt sie vor diesem Leben. Aber ich bin sofort hineingeraten und stand mitten in der brutalen Wirklichkeit.

Viele Jahre später saß ich wieder mit Turdubajew Kabylbek zusammen. Er war schon ein hochbetagter Aksakal und hatte die meiste Zeit seines Lebens in der Sowchose Kok-Saj verbracht – beim Aryk, einem kleinen Bewässerungskanal, der in den Bergen entspringt. Ich war bei ihm zu Hause, und wir erinnerten uns an jene Zeit in Scheker. Er hatte schon Enkel und Urenkel um sich.

Turdubajew Kabylbek war schließlich nicht nur mein Vorgesetzter gewesen, sondern auch ein weiser Mann mit viel Erfahrung, der sich um mich wie ein Vater kümmerte.

Damals war ich ziemlich klein und bin erst sehr spät hochgeschossen. Die Altersgenossen waren schon größer als ich. Ab meinem zwölften Lebensjahr blieb ich zunächst für längere Zeit zurück und fing erst mit sechzehn, siebzehn, achtzehn richtig zu wachsen an. Kurzum – ich war ein Spätentwickler.

Deshalb konnte ich auf kein Pferd steigen. Dazu muß man wenigstens die Steigbügel erreichen, sich gleichzeitig an der Mähne festhalten und vom Boden federnd abstoßen, mit dem linken Fuß im Bügel Halt fassen und das rechte Bein über den Sattel schwingen. So muß man sich aufs Pferd setzen. Bei mir ging es schief. Für mich war es eine schreckliche Qual, aufs Pferd zu kommen. Besonders vor anderen Leuten schämte ich mich, wenn ich mich in diesem blöden Mantel in den Sattel zu schwingen versuchte.

Ich führte also das Pferd zur Seite, wo es eine kleine Grube gab. Dorthin brachte ich den Gaul, konnte somit den Steigbügel erreichen und aufsitzen.

Mein guter Turdubajew Kabylbek hat das natürlich bemerkt. Er näherte sich mir schweigend, faßte mich am Arm und hob mich hoch. Er war kräftig und riesengroß, setzte mich in den Sattel und sprach: »Auf geht's! Reit los und mach deine Sachen!«

Bei unserem Wiedersehen nach so vielen Jahren erinnerten wir uns, wie er mich in den Sattel gehoben hatte …

Auch die traurige Mission mit den »schwarzen Papieren« – die Überbringung der Todesmeldungen – verband mich mit Turdubajew Kabylbek.

Das Dokument hatte tatsächlich den Namen *Kara-Kagas*, das *schwarze Papier*. Fast jede Woche trafen ein, zwei Meldungen aus der Kreisstadt ein.

Wir hatten damals auch unsere Post, die zwei bis drei Mal in der Woche ausgetragen wurde. Briefe von der Front trafen ein. Wenn man die zu den Leuten brachte, war das gut und schön, aber die Bestattungspapiere …

Im Krieg sind viele gefallen. An allen Fronten …

Offenbar dachte sich Turdubajew Kabylbek: Da geht es um ein beschriebenes Papier, also um ein Dokument und eine offizielle Meldung, das muß man doch dem anvertrauen, der lesen und schreiben kann. Mit anderen Worten: Ich mußte diese Sache übernehmen.

Wenn wir die Nachricht erhielten, daß ein Dorfangehöriger gefallen war, begab er sich zuvor selbst zum Rat der Ältesten, und ich mußte später zu den Betroffenen reiten. Ich hatte immer eine Feldtasche bei mir, ich öffnete sie, holte die Meldung hervor und las sie vor. Die Nachbarn eilten herbei, drückten ihr Mitgefühl, ihr Beileid und ihren Kummer aus. Und sofort hob ein allgemeines Wehklagen an.

Die Frauen und Kinder heulten los und jammerten. Die Nachbarn und die Verwandten stimmten in die Klage um den Gefallenen mit ein.

Ich stand dabei und machte Schreckliches durch. Ich fragte mich: Warum muß ausgerechnet ich diese Papiere bringen und laut verkünden? Warum muß ich dort so lange ausharren, die Meldung vorzeigen, ablesen und erläutern?

Die Leute aus meinem Dorf wußten zwar wohl, wer ich war und woher ich kam. Sie waren mir wohlgesinnt und sich bewußt, daß das zu meinem Dienst gehörte. Aber sie begannen mich zu fürchten, besonders die Frauen hatten Angst, wenn ich mich einem Haus näherte, vor allem ihrem eigenen. Es kam vor, daß eine Frau nicht mehr an sich halten konnte und ausrief: »Komm uns nicht zu nahe! Bleib stehen! Geh lieber weg!«

Sie verwünschten mich mit bitteren Worten und sagten: »Wenn du auftauchst, bringst du einem nur Leid ins Haus.«

Aber was sollte ich machen? Ich war zu diesem Dienst verpflichtet worden und mußte ihn ausführen.

Als Sekretär des Dorfsowjets und als Steuereintreiber – so begann mein Weg ins große Leben, zugleich eine traurige Mission, die sich mir für immer einprägte.

## Das Häschen auf dem Postamt

Diese Geschichte ereignete sich gleichsam als heitere Fortsetzung der schrecklichen Begegnung mit dem Fremden unterwegs.

Es waren unterdessen viele Tage vergangen. Natürlich hatte ich dem einen oder anderen Menschen erzählt, was ich erlebt hatte. Auf jeden Fall den Leuten bei meiner Dienststelle der Finanzeintreiber. Über die Gefahr, die ich überstanden hatte, wußten auch die nächsten Verwandten und meine Tante Bescheid. Der einzige Rat, den sie mir geben konnten, lautete: Du mußt dich bewaffnen, Junge!

Aber womit?

Mit einem Messer!

Das Messer fertigte mir ein Verwandter an, der alte Schmied. Er nahm ein Stück Eisen und erhitzte es bis zur Rotglut. Ich half ihm dabei voller Begeisterung, als ob ich mit Hilfe dieses Dolches jede Gefahr hätte abwenden können.

Das Eisenstück wurde mehrfach erhitzt, gehämmert, im Wasser gehärtet und auf einer rotierenden Stange geschärft. Damit sich die Stange drehte, mußte man auf ein Pedal treten – wie bei einer Nähmaschine. Es war allergröbste Schmiedearbeit und eigentlich gar kein Dolch, sondern ein Stück zugeschliffenes, zugespitztes Eisen. Der Griff war auch aus Brecheisen.

Natürlich war dieser Dolch äußerst unhandlich – sein Griff wog weitaus schwerer als die Klinge. Als ich ihn am Gürtel befestigte, kippte der Griff gleich nach unten, die Klinge richtete sich auf und zielte mit ihrer Spitze auf meinen Arm. Dieser Dolch gefährdete also weniger den künftigen Feind als vielmehr mich selbst.

Die Tante erkannte das hohe Risiko sofort und verbot mir kategorisch, den Dolch am Gürtel zu befestigen. Aber ich wollte unbedingt einen Dolch bei mir tragen. Weder bei Tag noch bei Nacht wollte ich mich von ihm trennen, würde damit über die Höfe stolzieren und ihn beim Eintreiben der Steuern sichtbar an meiner Seite tragen, damit die Leute aus meinem Dorf sehen konnten: Der Bursche kann unsere in Schweiß und Blut aufgetriebenen Steuern mit der Waffe in der Hand verteidigen, weil der Dolch in derselben Tasche steckt, in der er das Geld verstaut hat.

Dabei machte ich mir keine Gedanken, wie ich ihn hätte benutzen sollen. Ich hätte ja zuerst die Tasche aufschnüren und ihn von dort hervorholen müssen. Aber in jenen Tagen ritt ich, so komisch das klingt, mit dem Dolch in der Satteltasche aus. Und da kam es wieder zu einem Zwischenfall.

Nach dem Vorfall unterwegs wurde den Steueragenten die Genehmigung erteilt, das Geld bei der Post abzugeben. Unser Postamt lag in der Nachbarsiedlung, in Grosnoje, dem größten Dorf in unserer Gegend. Dort war die Bevölkerung vorwiegend russisch. Es waren also russische Frauen, die in unserem Postamt arbeiteten.

An einem Tag im Frühling bringe ich also wieder einmal das Geld zur Post.

Ich reite meinen gewohnten Weg entlang, in Richtung Maimak an der Bahnlinie. Sitze im Sattel, an dem die Tasche mit dem Geld hängt. Bei dem herrlichen Wetter habe ich keinerlei Eile. Das Pferd trabt gemächlich übers weite Land.

Plötzlich höre ich ein Kind weinen. Ein Kleinkind, das keucht, weint und brüllt wie alle Neugeborenen.

Ich bin verblüfft und schaue mich um. Auf freiem Feld nichts und niemand, wo soll da ein Kind herkommen?

Ich lausche und lausche, blicke aufmerksam umher, bis ich begreife, daß das gleich neben mir sein muß, wahrscheinlich verhüllt von dichtem Gras. Ganz in der Nähe verläuft der Aryk, ein fast zugewachsener Bewässerungsgraben. Von dorther kommen die verzweifelten Schreie.

Rasch springe ich vom Sattel und laufe dorthin. Mit der Kamtscha in der Hand, meiner Peitsche, denn niemand würde ohne Peitsche auf einem Pferd ausreiten. Mit dieser Reitpeitsche zerteile ich vor mir das Gras und erblicke etwas Schreckliches. In dem Graben würgt eine Riesenschlange einen kleinen Hasen.

Ja, das arme Häschen hatte so durchdringend geschrien. Die Schlange hatte sich um seinen Leib gewickelt und zu würgen begonnen.

Bevor die Schlange ihr Opfer verschluckt, muß sie es ersticken.

Ich schlug sofort mit der Peitsche auf die Schlange ein. Sie ließ von dem Häschen ab, kroch augenblicklich davon und verbarg sich.

Der kleine Hase stand unter Schock und lief nicht weg. Halb lebend verharrte er bewegungslos, blickte mich angstvoll und seltsam an. Mir tat das Häschen dermaßen leid, daß ich es in die Hand nahm und liebkoste. Ich drückte es an die Brust und sah mich um. Keine Menschenseele weit und breit.

Und ich sagte zu ihm: »Die Schlange hat dich ja beinahe erwürgt.« Dann verstaute ich es unter meinem Hemd an der Brust, stieg wieder aufs Pferd und ritt weiter.

Den ganzen Weg über streichelte ich das Häschen und malte mir dabei aus, wie ich daheim davon erzählen würde. Das war doch etwas Erstaunliches: Die Schlange würgte das

Häschen, aber ich habe es gerettet. Und das Häschen hat geweint wie ein Kind, ein richtiges Kleinkind …

Im Postamt ließ man mich wie üblich nach hinten kommen, hinter die Trennwand. Die Geldpacken in der Satteltasche mußten ja bei der Abgabe in meiner Anwesenheit nachgezählt werden.

Wir sitzen also beisammen und zählen die Scheine nach. Die Frau nimmt die Geldbündel in Empfang, die ich ihr nach und nach übergebe.

Plötzlich schreit die Frau laut auf, fängt an, schrecklich zu brüllen. Sie zuckt am ganzen Leib. Das bereits nachgezählte Geld fliegt durcheinander, die Scheine wirbeln durch die Luft.

Auch ich war erschrocken, sprang auf und sah, daß mein Häschen an allem schuld war. Wann es aus dem offenen Hemd von meiner Brust geschlüpft war, hatte ich nicht bemerkt. Jedenfalls war es zwischen die Füße der Frau gehüpft. Das muß so unerwartet geschehen sein, daß sie aufschrie und das Geld durcheinanderwirbelte.

Natürlich habe ich das Häschen eingefangen und die Scheine wieder aufgelesen. Die Frau wollte aber gar nicht mehr zur Ruhe kommen und schimpfte mich aus.

»Was für ein Unfug! Du bist ein Tölpel. Und überhaupt vertraut man so einer Rotznase keinen Geldtransport an. Treibt sich mit Hasen herum! Wie kann man so einem nur trauen?«

Ich nahm das Häschen mit nach Hause zur Tante. Es gewöhnte sich allmählich bei uns ein und gehörte bald schon zur Familie.

Aber eines Tages war es verschwunden.

Als ich heimkam, sagte die Tante ganz betrübt: »Dein Häschen ist abgehauen. Vielleicht haben es die Hunde geschnappt.«

»Was ist passiert?« fragte ich.

»Auf einmal höre ich die Nachbarhunde bellen. Sie jagen hinter was her. Und was sehen meine Augen? Dein Häschen. Sie haben es durch die Gemüsegärten gejagt. Ob sie es erwischt haben, kann ich dir nicht sagen.«

Ich habe draußen überall gesucht und nichts gefunden. Vom Häschen keine Spur. Es tat mir so leid.

Ich mußte immer wieder an den kleinen Hasen denken und habe die Geschichte später meinen Kindern erzählt. Als Eldar noch ein kleiner Junge war, hat er mich immer wieder darum gebeten, die Geschichte vom Häschen zu erzählen.

Am meisten hat ihm die Stelle gefallen, bei der die Frau vor Angst aufschrie und das ganze Geld durcheinanderwirbelte.

## Sejtaly – der Erste Lehrer

Sejtaly Bekmambetow, der Freund meiner Kindheit, ist auch jetzt noch gesund und munter. Zu der Zeit, als ich in Scheker auftkreuzte, war er schon Rektor der Schule – im Alter von sechzehn Jahren!

Es war ja Krieg, und man hatte alle Männer eingezogen und an die Front geschickt. Die Angehörigen der älteren Generation konnten weder lesen noch schreiben. Also übernahmen die Halbwüchsigen von damals die Rolle von Erwachsenen.

Sejtaly arbeitete in der Schule von Artschagul, dem Nachbardorf von Scheker. Dieser Ail war kleiner als unser Scheker. Entsprechend kleiner war auch die dortige Grundschule, die keine Oberklassen hatte. Ihr Rektor, mein Freund Sejtaly, überredete mich dazu, bei ihm in der Schule zu arbeiten. Wir waren schon seit frühester Kindheit enge Freunde. »Du beherrschst die russische Sprache«, sagte er mir. »Du kannst dich nicht rausreden, also los, komm mit und werde Lehrer an unserer Schule.«

Gesagt, getan – Sejtaly führte mich in seine Schule von Artschagul, in das kleine, einstöckige Haus aus Lehm. Und ich trat vor die kleine Kinderschar – die Schulklassen.

Ich wurde auf nichts vorbereitet. Es gab weder ein Programm noch einen Lehrplan, geschweige denn Lehrbücher. Sejtaly hatte halt den Wunsch, daß ich den Kindern die russische Sprache beibringe. »Du mußt unterrichten. Das ist alles. Ich schreibe dich als Russischlehrer ein, dafür bekommst du einen Lohn«, sagte Sejtaly.

Das Gehalt für Lehrer ist bis heute miserabel. Bei der

damaligen Inflation und den Verhältnissen im Krieg war es erst recht nicht der Rede wert. Aber darum ging es uns beiden nicht, denn unsere Freundschaft band uns mehr zusammen als alles andere, sie war uns eine große, gegenseitige Verpflichtung.

Mein Unterricht für die Kinder an der Schule von Artschagul dauerte nicht lange, mußte ich doch ziemlich weit gehen – fünf Kilometer hin und zurück, jeden Tag, denn in Artschagul konnte ich bei niemandem wohnen. Dabei hatte ich den Fluß Kürkürö zu durchwaten. Meine Laufbahn als Lehrer dauerte also nicht sehr lange.

Aber Sejtaly widmete sein ganzes Leben der Schule. Seit jenen fernen Zeiten blieb er stets ihr Rektor. Die Schule ist freilich längst gewachsen und eine andere geworden.

Erst vor kurzem kam er nach Bischkek gereist. Er wird demnächst siebzig Jahre alt. Wir trafen zusammen und gedachten der früheren Zeiten und der schwierigen Jahre. Dabei fiel ihm unverhofft eine alte Geschichte ein …

Wir waren auf dem Weg zur Schule und mußten wie gewohnt durch den Fluß Kürkürö waten. Das Wasser war eiskalt. Wir hatten vereinbart, daß wir uns abwechselnd über den Fluß tragen wollten – den einen Tag sollte ich Sejtaly auf den Rücken nehmen, den nächsten war er an der Reihe. Natürlich watete der jeweilige Träger barfuß durchs Wasser.

Eines Tages aber waren wir unsicher, wer nun an der Reihe war. Entweder sollte er mich tragen und weigerte sich, es zu tun, oder ich bockte, weil ich annahm, er sei an der Reihe.

Wir gerieten darüber in einen langen Streit, bis wir uns so sehr in der Wolle hatten, daß wir uns am Ufer prügelten: Der Rektor und sein Lehrer stritten sich, wer nun wen über den Fluß tragen sollte, und rauften miteinander.

An diesen Vorfall habe ich mich schon nicht mehr erinnern können. Aber Sejtaly Bekmambetow, der Rektor, hatte nichts vergessen

Als ich die Novelle *Der Erste Lehrer* schrieb, erinnerte ich mich aber sehr wohl an unsere Schule in Artschagul und meine kurze Zeit als Lehrer.

Ich habe meine Empfindungen von damals in die Geschichte eingebracht, auch wenn ich die Zeit der Handlung änderte.

Ich unterrichtete die Kinder von Artschagul im Winter 1943, die Novelle dagegen spielt in den zwanziger Jahren – das war eine andere Epoche, ein anderes Drama.

Aber ich wußte, wie sich ein blutjunger Lehrer im Klassenraum der Kinder fühlte. Mein kurzes »Lehrjahr« in Artschagul hat mir dabei viel geholfen.

# Mullah Tschargin

Meine Tante Karagys-apa kannte alle Leute in der Umgebung und pflegte zu sagen: »Der gebildetste Mensch in unserem Ail ist Mullah Tschargin.«

Die Moschee in Scheker stand auf dem Hügel und hieß *Ak-Uui*, das heißt *Weißes Haus*. Es war das Haus mit der Kuppel, das vor der Revolution gebaut worden war. Bei den Freitagsgebeten versammelten sich dort hauptsächlich die Männer. Viele ritten auf Eseln und Pferden zur Moschee, manche gingen auch zu Fuß.

Neben der Moschee, direkt unter der Anhöhe, lag das Gut des Mullah mit dem großen, schönen Garten. Dort entsprang auch eine Quelle mit reichlich Wasser. Dank der Quelle konnte man die umliegenden Felder bewässern. Vom Haus her erstreckte sich ein weitläufiger Kleeacker zum Mähen. Mit meinen Vettern Dshaparbek und Baisbek streifte ich oft durch diesen Garten. Wenn sich im Garten des Mullah die ersten kleinen Äpfel, noch in der Größe einer grünen Walnuß, an den Zweigen zeigten, rissen wir sie bei Nacht ab und verspeisten diese ersten unreifen Früchte. Die Verwandten des Mullah waren uns oft auf den Fersen, wenn wir dort unsere Streifzüge machten.

Über Mullah Tschargin wurden die unterschiedlichsten Geschichten erzählt. Eine von ihnen habe ich schon zu der Zeit gehört, als ich Sekretär des Dorfsowjets und Steuereintreiber war …

In unserem Ail konnte man, wenn einem danach zumute war, an einem frühen Wintermorgen aufstehen und Busá trinken gehen. Das Busá-Häuschen stand auf einem Hof, den alle kannten. Man mußte dort sehr früh, ja schon bei Morgengrauen eintreffen. Woran lag das?

Ganz einfach an der Vorbereitung der gärenden Masse, die den ganzen Tag durchgesiebt wurde. Busá, ein alkoholisches Getränk, wird aus verschiedenartigen gemahlenen Körnern – aus Grütze oder Hirse, aus Gerste oder Hafer – vorbereitet. Die Masse der Getreidekörner bringt man zum Gären, bis sich daraus das alkoholische Getränk bildet. Mit dem Durchsieben muß man jedoch am frühen Morgen beginnen. Die Flüssigkeit, die durch ein Leinen gepreßt wird, ergibt den berauschenden Trank – das restliche Gemisch wird dem Vieh verfüttert.

Bei der Zubereitung des Busá machen alle mit – sie erfordert ja schwere Handarbeit. Dafür reicht die Kraft des Wirts nicht aus. Man braucht mindestens zwei Leute, die das Leinen halten, zwei weitere halten den Mörser aus Holz, drücken ihn fest nach unten und drehen ihn dabei in dem Brei, um Busá herauszupressen. Dieser eigentümliche Vorgang ist reine Männersache.

Deshalb sind es auch Mannsbilder, die den Busá trinken, frühmorgens aufstehen und durch den knirschenden Schnee zum Wirtshaus stapfen. Die restliche Familie schläft noch. Und um das Vieh braucht man sich noch nicht zu kümmern. Die Liebhaber des Busá begeben sich also immer bei Morgengrauen zu ihrem Frühschoppen. Sie haben ihre Pelzjacke um die Schultern gelegt, gehen gemächlich und hustend ihres Weges. Im Wirtshaus hat man bereits damit begonnen, den Busá durchs Leinen zu pressen. Während das Getränk zubereitet wird, treffen nach und nach die zehn bis fünfzehn Männer ein, die sich am Busá berauschen wollen. Sie machen es sich in der Hütte bequem und unterhalten sich.

Der Busá wird erwärmt und dann in Schalen gereicht. Man muß ihn langsam kosten und in Schlückchen zu sich nehmen. Schon die Vorbereitung des Busá verscheucht die Gedanken an den Alltag.

Sie stiftet eine Stimmung der Friedfertigkeit und stimmt die Leute darauf ein, Neuigkeiten und Gerüchte auszutauschen, zu fabulieren und diese oder jene Anekdote zum besten zu geben.

Und so begann auch einer der Busá-Trinker seine Erzählung, die aber schon alle kannten. Jeder wußte im voraus, was nun kam. Er war ein seltsamer Kauz, der nämlich immer wieder erzählte, wie man ihn einmal in einen Esel verwandelt hatte.

Kein Geringerer als unser Mullah Tschargin war es gewesen, der das vollbrachte. Er verfügte angeblich über magische Kräfte. Der Kauz erzählte die Geschichte so, als hätte sie sich wirklich zugetragen, obwohl er sich alles von Anfang bis Ende in seiner Phantasie ausgesponnen hatte …

Mullah Tschargin mähte sein Kleefeld dreimal im Jahr, rechte den Klee zusammen und stapelte ihn für den Winter.

Eines Tages erblickte mich Tschargin, der Mullah, während er an unserem Haus vorüberritt, und sprach mich an. »Hast du nicht Lust und willst morgen zu mir kommen, um mir bei der Mahd zu helfen?«

»Ja, ganz gern!« Ich willigte ein.

»Dann muß ich also keine anderen Leute bestellen«, sagte der Mullah. »Komm gleich morgen früh. Die Sensen sind geschliffen. Ich habe zwei davon. Du kriegst zu essen und zu trinken, wenn du anständig mähst.«

»Einverstanden«, sagte ich.

Am nächsten Morgen war ich bei ihm. Der Mullah erwartete mich schon mit der Bemerkung: »Bravo! Da bist du ja. Geh mir zur Hand! Du bist stark und gesund. Mach deine Arbeit!«

Und so begann er, den Klee zu mähen. Es war eine Ehre, für den Mullah zu arbeiten und ihm beizustehen.

Doch der Gerufene war eher ein Faulenzer. Zunächst mähte und mähte er, dann wollte er aber gleich wieder ausruhen.

Der erste Tag erbrachte fast nichts, auch nach dem zweiten war er nicht weit vorangekommen. Am dritten Tag pfuschte er. Er mähte zwar noch ein bißchen, aber lag dann doch die meiste Zeit im Schatten der Bäume, um sich auszuruhen.

Der Mullah sah nach, was sein Helfer anstellte, und fing an zu nörgeln: »Sieh doch! Hier hast du ganz schlecht gemäht und dort den Klee überhaupt stehen lassen.«

Die Bemerkungen haben unseren Erzähler ziemlich geärgert.

So liegt er einmal im Schatten und ruht sich aus. Der Mullah kommt, um nachzusehen, was er tut. Er aber erhebt sich nicht und bleibt einfach liegen.

Tschargin tritt näher und fragt: »Was lümmelst du so herum? Tu was, wenn du was tun willst! Sonst laß es bleiben! Warum hast du überhaupt ja gesagt? Du hängst mir zum Hals heraus!«

»Was höre ich da? Ich mähe dir den Acker und arbeite für dich, aber du sagst, ich hänge dir zum Hals heraus. Und du willst ein Mullah sein!« Er war außer sich und beleidigte Tschargin, den Mullah, mit ätzenden Worten.

Plötzlich brauste der Mullah auf: »Ach, was bist du nur für ein Esel! Genau das – ein Esel sollst du sein!«

Kaum hatte Tschargin diese Worte ausgesprochen, führte er eine Bewegung mit der Hand aus. Ich blickte mich um und sah: Ich stehe auf vier Beinen und habe Riesenohren.

Tatsächlich! Ich bin ein Esel. Will etwas sagen wie: Verzeih, so war's nicht gemeint!, kann aber nicht sprechen. Ich habe die Sprache verloren.

Mullah Tschargin trat auf mich zu, gab mir mit einem Stock einen Hieb auf den Kopf und band mich mit einem Strick am Baum fest. Ich stand da wie ein regelrechter Esel …

All das erzählte unser Kauz im Kreis der Busá-Trinker. Sie lachten voller Zufriedenheit und fragten ihn: »Wie hart war der Schlag, den er dir verpaßt hat? Was ist mit deinem Kopf los? Hat er dir auch die Ohren langgezogen, ha?«

Sie ließen nicht locker, weil sie sich wünschten, daß er seiner Phantasie freien Lauf ließ oder wer weiß was für Märchen weitererzählte.

Ich selbst saß unter den Zuhörern und lauschte. Außer mir waren da noch zwei, drei Halbwüchsige. Alle übrigen waren Erwachsene und alte Männer.

Und er erzählte weiter …

Da steh ich nun, ich armer Tor, und bin ein Esel. Und denke darüber nach, was ich jetzt tun soll. Ich muß doch heim. Aber wie komme ich nach Hause? Wer wird mich empfangen und erkennen? Kurzum – es wurde dunkel, und ich verbrachte meine Nacht wie alle Esel.

Am nächsten Morgen kommt Tschargin, der Mullah, zu mir, legt mir einen Sattel auf den Rücken. Er schwingt sich auf mich, und ich trage ihn direkt zum Basar.

Ich gehe und gehe. Wir trippeln den Berg hinunter und kommen an meinem Haus vorüber.

Plötzlich springt meine Frau heraus und fängt an zu schreien: »Mullah-aké! Mullah-Vater! Wo ist nur mein Mann abgeblieben? Er ist gestern fortgegangen.«

»Du mußt ihn schon selber suchen«, sagt er zu ihr.

Und ich? Ich bringe kein Wort heraus, schüttle den Kopf und tripple weiter.

Tschargin versetzt mir einen Stockhieb auf den Schädel. Das tut mir weh und macht mich traurig, aber ich tripple brav meines Weges.

Neben uns tauchen andere Leute auf. Auch sie reiten zum Basar – auf Pferden und Eseln. Und ich mit ihnen. Seite an Seite. Es wäre mir doch unangenehm, zurückzubleiben.

Der Mullah treibt mich mit Stockhieben an. Die Reiter tauschen Grüße aus und unterhalten sich über dies und das. Ich höre ihre Gespräche, kann mich aber nicht einmischen oder antworten.

So treffen wir auf dem Basar ein.

Mullah Tschargin steigt von mir ab und bindet mich fest. Neben den anderen Eseln. Diese Esel fangen nun an, störrisch auszuschlagen und mich mit ihren Hufen zu traktieren. Ich lasse mich nicht lumpen, trete sie auch und schlage nach Kräften zurück.

Danach reitet der Mullah auf mir wieder nach Hause. Und läßt mich angepflockt im Hof stehen.

Erst am dritten Tag scheint er sich meiner endlich zu erbarmen, führt mich auf der Straße weg von seinem Haus, schlägt mit dem Stock auf mich ein und ruft aus: »Verdrück dich, du Idiot! Ich will dich Dummkopf nie mehr sehen.«

Und da merke ich, wie ich wieder zu dem werde, der ich einmal war. Mit Armen und Beinen, Kopf und Bauch am rechten Fleck.

Ich stürze von dannen, was das Zeug hält, und renne, so schnell es geht.

Gegen Abend bin ich daheim. Meine Frau sieht, wie ich dahergerannt komme, und schreit ganz laut: »Woher kommst du bloß? Wo bist du mir hingeraten? Die Verwandten suchen dich überall. Wir fragten uns schon, ob du überhaupt noch lebst oder nicht schon tot bist.«

»Ich war doch ein Esel«, erkläre ich ihr.

»Wie bitte? Was willst du mir nur vorquatschen? Du bist doch wirklich ein Esel!«

Sie schlägt auf mich ein und traktiert mich mit dem Stock, daß mir Hören und Sehen vergeht.

Die Verwandten eilten herbei. »Was soll das nur für ein Esel sein? Er hat halt den Verstand verloren. Er ist doch ein Mensch.«

Niemand wollte mir glauben, daß ich ein Esel war …

Und so hatte er seine Geschichte wieder einmal zum besten gegeben. Alle hörten ihm gespannt zu und hatten ihren Spaß dabei. Sie kicherten und lachten, waren froh und tranken zufrieden ihren Busá.

»Da hast du unseren Tschargin, wie er leibt und lebt. Was für ein Prachtskerl! Ein toller Mullah war das! Die von heute«, fügten sie hinzu, »die bringen doch überhaupt nichts mehr zustande.«

## Student und Esel

Der Krieg war zu Ende, und ich besuchte von 1945 bis 1946 die Mittelschule in Pokrowka, einem großen russischen Dorf. Wir lebten in Dshijda, jenseits des Flusses, weit weg von Pokrowka. Aber in Dshijda gab es keine Schule. So mußte ich also tagtäglich den Fluß Talas durchqueren, einen Gebirgsfluß, der im Winter wenig Wasser führt, aber vom Frühjahr an über den ganzen Sommer mächtig anschwillt, wenn das Wasser aus den Bergen herabströmt.

Mein Bruder Ilgis und ich gingen immer gemeinsam zur Schule. Wir mußten dabei durch den Fluß waten und hatten nur ein Paar Stiefel für uns beide. Später konnten wir uns noch ein zweites Paar alte Soldatenstiefel anschaffen.

Wir sind uns einmal unterwegs furchtbar in die Haare geraten. Ich hatte Ilgis immer vorgeschlagen, barfuß durchs Wasser zu waten, um das Schuhwerk zu schonen. Und jenseits des Flusses wie normale Leute in Schuhen weiterzugehen. Zumeist machte Ilgis auch mit.

Aber eines schönen Tages – vielleicht hatte es geregnet oder es war kalt geworden – konnte er es nicht mehr abwarten, setzte sich hin und ging in Stiefeln weiter.

Da habe ich ihm gesagt: »Hör mal, Bruder, zieh deine Schuhe aus! Ich gehe barfuß. Warum mußt du dir die Stiefel anziehen?«

»Ich mag nicht«, sagte er.

»Warum bloß?«

Wir fingen gleich an zu raufen. Niemand konnte uns sehen. Ich schlug auf ihn ein, er auf mich. Er schleuderte meine Stiefel in die Büsche …

Wenn wir uns heute sehen, erinnern wir uns oft an diese Prügelei. Nur weil ich von ihm verlangt hatte, bis zum anderen Ufer barfuß durchs Wasser zu waten. In so einer Lage befanden wir uns damals. Heute mag das komisch klingen …

Ich hatte die achte Klasse hinter mir, und man mußte sich für meine Zukunft etwas einfallen lassen. Wir lebten in ärmlichen Verhältnissen, und nach Pokrowka umzuziehen war für uns ausgeschlossen. Jeden Tag durch den Fluß zu waten, um zur Schule zu gelangen, vor allem im Winter, war eine einzige Strapaze.

Da schlug mir meine Mutter vor: »Zieh los und geh dort zur Schule, wo du auch wohnen kannst.«

So zog ich nach Dshambul, wohin wir gewöhnlich zum Markt fuhren, um Kartoffeln und Mais zu verkaufen. Dshambul war sozusagen unser Handelszentrum.

Da ich gute Noten hatte, wurde ich beim Technikum für Tiermedizin in Dshambul angenommen, wo man Tierärzte, Veterinärassistenten und Viehzüchter ausbildete.

Der Beruf des Viehzüchters hieß damals bei uns *Sootechnik*, das heißt Zoo-Techniker. Er gehörte zu einer wenig bekannten Fachausbildung. Der Zoo-Techniker war eine Art Ingenieur für Viehzucht in großen landwirtschaftlichen Betrieben. Er war zuständig für den Bestand, den Auslauf und die Produktivität der Viehzucht. Der Zoo-Techniker mußte auch darauf achten, daß genug Futter da war und die Stallungen in Schuß gehalten wurden. Er überwachte die Deckung des Viehs und sorgte für alles, was zum organisierten Ablauf der Viehwirtschaft einer Kolchose oder Sowchose gehörte.

Ich war kein schlechter Schüler. Aber das Leben war beschwerlich. Jede Woche mußte ich von Dshambul zur

Bahnstation Maimak fahren und dann zu Fuß entweder nach Dshijda zur Familie oder nach Scheker zur Tante weitergehen, um mir die Wochenverpflegung fürs Wohnheim beim Technikum zu holen. Aber davon soll jetzt nicht die Rede sein.

Wir hatten hervorragende Lehrkräfte am Technikum, zumeist Angehörige der alten Intelligenzija, die aus Moskau und Leningrad in die asiatischen Gebiete evakuiert worden waren. Einige von ihnen gingen später wieder weg, andere blieben aus Altersgründen für immer bei uns. Bis heute erinnere ich mich an Tigri Nikolajewitsch, einen Frontsoldaten. Wir hatten auch einen ausgezeichneten Pferdezüchter. Er hieß Iwan Grigorjewitsch und war schon ein betagter Mann. Er brachte uns alles bei, was mit Pferden zu tun hatte. Bei seinem Unterricht habe ich sogar vergessen, daß ein schrecklicher Krieg hinter uns lag, das alltägliche Leben uns allen viele Strapazen auferlegte und unsere Familie in einer äußerst schweren Lage steckte.

Zum Beispiel hatte ich stets mit dem Problem zu kämpfen, sowohl zu studieren als auch Schuhe, Kleider und Nahrungsmittel zu beschaffen.

Aber die Vorlesungen unseres Pferdefachmannes faszinierten mich und ließen mich fast alle Unannehmlichkeiten vergessen.

Iwan Grigorjewitsch war ein Dichter und Romantiker der Pferdezucht. Er unterrichtete nicht nur die wissenschaftlichen Disziplinen, die mit Biologie und Geschichte des Pferdes zu tun hatten und mit den Besonderheiten der verschiedenen Rassen, sondern er flocht auch noch reale Begebenheiten und Legenden ums Pferd ein. Damit begeisterte er uns für diesen Stoff am allermeisten.

Eines schönen Tages erklärte er uns, daß wir in der folgenden Woche mit einem neuen Kurs beginnen würden.

»Dafür müßt ihr euch neue Kladden anlegen. Jetzt ist die Eselzucht dran«, erklärte er ohne Umschweife.

Wir waren über diese Ankündigung nicht wenig erstaunt. Als ob er es bemerkt hätte, fügte er hinzu: »Ihr braucht euch gar nicht zu wundern. Diese Wissenschaft gibt es tatsächlich. Ihr müßt die Esel studieren und alles über Esel wissen. Ihr seid doch angehende Tierzüchter. Und beim Esel gibt's gar nichts zu lachen. Bei allen Völkern gilt der Esel als ein dummes und störrisches Vieh. Man macht sich über ihn lustig, pufft und schlägt ihn. Aber ich muß euch sagen, daß sich die Geschichte der Menschheit ohne Esel nie hätte entfalten können. Es hat doch die Zeit gegeben, als es die Verkehrsmittel von heute – die Eisenbahn, Schiffe, Flugzeuge und Automobile – noch nicht gegeben hat. Immerhin haben wir den Esel als erstes Tier gezähmt. Erst danach kam das Pferd. Der Verkehr der Menschen der Antike und des Mittelalters konnte nur dank dem Esel gesichert werden.«

Iwan Grigorjewitsch erklärte uns die Bedeutung des Esels für die Menschheitsgeschichte so eindringlich, daß niemand mehr lachte. »Der Mensch hat auf dem Esel riesige Entfernungen und Räume überwunden. Der Esel trug so viele Güter und Lasten, daß er aus der menschlichen Zivilisation einfach nicht wegzudenken ist …«

Unsere Tante in Scheker, die gute Karagys-apa, war über meinen Eintritt ins Technikum dermaßen begeistert, daß sie ihre letzte Kopeke opferte, um mir das Studium zu ermöglichen – sie sparte sich alles vom Munde ab, was eine Bäuerin auf einer Tabakkolchose sich absparen konnte. In ihrer Vorstellung hatte mein Studium bei den Veterinären ein hohes Prestige.

Unseren Nachbarn pflegte sie voller Stolz zu sagen:

»Unser Tschingis studiert Tierdoktor.« Sie benutzte dabei den Begriff *Soowet*, das heißt, er studiert am *Sooweterinarny Technikum*, dem Technikum für Tiermedizin. Und *Soowet* bedeutete den Anfang einer großen Laufbahn.

Als besonders prestigeträchtig galten Berufe wie Staatsanwalt, Richter, Polizeichef und selbstverständlich Parteifunktionär oder Kolchosvorsitzender.

Ich kann unsere Tante sehr gut verstehen. Vor ihr stand das tragische Bild ihres Bruders. Torekul Aitmatow war Sekretär des Gebiets und des Kreises gewesen, in den Augen seines Volkes ein herausragender Mann. Er gehörte zu den gebildeten Leuten, hatte zudem in Moskau an einer Akademie studiert – am Institut der *Roten Professur.* Nach dem gewaltsamen Tod ihres Bruders – meines Vaters – entwickelte sich in ihr der tragische Komplex vom Triumph der Gerechtigkeit: Sie glaubte daran, daß der älteste Sohn den Spuren des Vaters folgen, dessen Wahrheit und Kraft unter Beweis stellen müßte.

Sie spielte darauf immer wieder an. Als sie von meinem Studium in Dshambul erfuhr, hatte sie wahrscheinlich nicht ganz begriffen, worum es dabei ging. In ihrer Vorstellung befand ich mich aber auf dem richtigen Weg.

Wann immer ich auf einen Güterzug aufsprang, von Dshambul bis zu unserer Bahnstation Maimak fuhr und von dort zu Fuß bis zu unserem Ail Scheker, freute sie sich auf mich. Für sie war das sehr wichtig. Noch am selben Tag kramte sie zusammen, was sie für mich abzweigen konnte – ein paar Kopeken und Lebensmittel.

Wenn es eine Möglichkeit gab, besorgte sie mir einen Begleiter, der mich zur Bahnstation brachte. Andernfalls mußte ich gegen Mitternacht von Scheker aufbrechen, um bei Morgengrauen in Maimak zu sein. Um diese Zeit fuhren dort die Züge zurück nach Dshambul durch.

Ich muß das vorwegschicken, damit man die komische Geschichte begreift, die sich später ereignete, aber für Tante fast eine Tragödie war.

Unser Dozent Iwan Grigorjewitsch nahm uns oft zum Markt At-Tschabar mit. Am Technikum selbst gab es nämlich keine Beispiele für den praktischen Anschauungsunterricht. Dem Technikum fehlten dafür die Mittel. Die Übungen am praktischen Fall führten wir auf dem Basar durch.

Der Lehrplan sah vor, daß wir die Tiere nicht nur theoretisch, sondern auch praktisch behandelten, und zwar unmittelbar am Ort ihrer Aufzucht und in den Stallungen.

Am Stadtrand von Dshambul gab es zwar eine Pferdehaltung, aber man hatte uns dort nur einmal hingebracht – im Zusammenhang mit Budjonny, dem berühmten Armeebefehlshaber, der, wenn ich mich nicht irre, im Jahr 1947 dieser Zucht einen Besuch abstattete.

Diese Visite des Marschalls Budjonny war ein großes Ereignis in unserer Stadt, und ich habe ihn selbst gesehen. Budjonny, schon sichtlich gealtert, fuhr vom Bahnhof durch die ganze Stadt in einer offenen Limousine. Wir säumten die Straße und winkten ihm zu. Und ich stand inmitten der Menge, die ihn begrüßte …

Doch der Besuch der Pferdehaltung war eine Ausnahme. Unser Iwan Grigorjewitsch führte uns, wie erwähnt, zumeist auf den Markt, wo er mit uns die praktischen Übungen durchnahm.

Auf diesem Basar herrschte ein reges Treiben. Man verkaufte Schafe, Pferde und Hornvieh. Ich weiß nicht mehr, ob auch mit Eseln gehandelt wurde. Aber viele Besucher aus der näheren Umgebung kamen auf Eseln zum Markt geritten, oder sie trieben die vollbepackten Lasttiere vor sich her.

Natürlich war der Gang zum Markt für uns auch ein angenehmer Zeitvertreib, jedenfalls viel besser als das Herumsitzen in einem Klassenzimmer. Wir spazierten durch die Straßen und streunten über den Basar. Wir hatten jedenfalls unseren Spaß daran.

Wenn wir uns den angepflockten Pferden, den Schafen oder Rindern näherten, hielt uns Iwan Grigorjewitsch an, suchte sich ein Tier aus und sagte zu einem von uns: »Du da, komm mal her, und beschreib mir diesen Gaul! Was ist das für ein Pferd? Zu welcher Rasse gehört es? Welche Färbung hat es? Wie alt ist es? In welchem Zustand sind seine Extremitäten und die Hufe?«

Der so Befragte mußte alles darlegen. An Ort und Stelle – er trat auf das Tier zu und faßte es an.

So sahen die praktischen Übungen aus, die der Dozent für Pferdezucht auf dem Basar von Dshambul mit uns vornahm.

Als schließlich die Eselszucht dran war, entschied der Dozent erneut, uns unmittelbar auf dem Markt den Unterricht zu erteilen.

Es war ein sonniger Tag im Mai. Die Stimmung unter uns Studenten war ausgezeichnet.

Der Basar wimmelte von Menschen. Viele waren auf Pferden oder Eseln herbeigeritten, um ihre Schafe und Kühe zu verkaufen.

Wir schlenderten als Gruppe umher.

Da erblickte unser Lehrer einen Esel – den dunkelgrauen mit den großen, langen Schlappohren. Der Esel sah frisch und kräftig aus.

Wenn Esel altern, merkt man das sofort. Sie wirken schlapp, lassen den Kopf mit schlaffen Ohren hängen und geben sich faul und träge.

Aber dieser Esel war putzmunter. Mir kam er sogar

irgendwie bekannt vor, als hätte ich ihn zuvor schon gesehen. Der Eindruck hatte mich, wie sich herausstellte, nicht getrogen.

Aber zum Nachdenken war keine Zeit, denn ausgerechnet in diesem Augenblick sagte unser Dozent: »Student Aitmatow, komm her! Vor dir steht eine Spezies Esel, tritt nur näher! Und erzähl uns jetzt alles, was du über dieses Tier mitteilen kannst!«

Es war zwar viel Volk auf dem Basar, doch niemand schenkte uns besondere Aufmerksamkeit, nicht einmal die Leute, die müßig über den Markt bummelten.

Als ich nähertrat, erblickte ich den Esel unseres Nachbarn, ausgerechnet des Nachbarn meiner Tante, der mich sofort erkannte und sich freute.

»Ah, du bist's, was machst du hier?«

»Ich, ich – studiere hier.«

»Na, wie geht's und steht's?« Der Nachbar ließ nicht locker.

Jetzt unterbrach uns aber der Lektor: »Schluß damit! Student Aitmatow, laß dich durch keine Gespräche ablenken! Ich habe dir aufgetragen, uns etwas über diesen Esel zu erzählen.«

Ich wußte nicht mehr ein und aus, fühlte mich ausgesprochen unwohl in meiner Haut.

Und schon fragte mich der Nachbar weiter aus: »Warum setzt er dir so zu? Was geht hier vor?«

»Ich bin doch hier beim Studium«, erwiderte ich ihm.

»So ist das? Du studierst also auf dem Basar?«

»Ja, wir machen hier unsere Übungen.«

»Was für Übungen?« wollte der Nachbar verwundert wissen.

»Wir studieren die Esel.«

»Wie, was – Esel studierst du? Na bitte, tu dir keinen

Zwang an. Los, erzähl uns mal, was du über meinen Esel alles weißt!« Der Nachbar fing an zu lachen.

Und ich schickte mich an, allerlei Unpassendes zwischen den Zähnen hervorzustoßen, und bekam dafür eine schlechte Note.

Ich war völlig durcheinander und entfernte mich bedrückt. Mir war sehr unwohl zumute. Doch bald darauf war alles wieder vergessen …

Einen knappen Monat später rollte ich wieder auf dem Güterzug nach Maimak. Von Maimak wanderte ich nach Scheker weiter. An das Ereignis auf dem Markt von Dshambul dachte ich längst nicht mehr. Ahnungslos betrat ich das Haus der Tante und merkte sofort an ihrem Blick, wie empört sie war. So etwas hatte ich bei ihr noch nie erlebt.

Auf einmal schrie sie los: »Was bist du mir nur für ein Blödian! Wen willst du eigentlich reinlegen? Du willst studieren? Aber was nur? Esel! Willst wohl ein Spezialist für Esel werden, ha!«

Ich fragte ganz harmlos: »Was ist denn passiert?«

»Passiert, passiert, das weißt du nicht? Der Nachbar hat mir erzählt, du seist durch den Basar gestreunt – zum Studium auf dem Markt! Wo hat es so was schon gegeben, daß man zum Studieren in die Stadt fährt und sich dort auf dem Basar herumtreibt? Jetzt wissen wir's genau – du Esel studierst Esel!«

Ich antwortete in aller Ruhe: »Ja, natürlich!«

»Aber warum mußt du dann ausgerechnet in die Stadt fahren? Genügen dir die Esel in unserem Dorf nicht? Da, geh raus und sieh doch nach! Hinter dem Weg streunen Dutzende von Eseln herum. Die kannst du studieren. Und was habe ich mir deinetwegen den Kopf zerbrochen!«

Sie fing an zu weinen. »Rackere mich ab und gebe dir meine letzten Kopeken! Gibt es denn nichts anderes zum Studieren als Esel?«

Ja, diese Geschichte hat sich wirklich zugetragen. Meine Tante Karagys-apa war eine bemerkenswerte Frau.

# Der Fuchs

Während meiner Studienzeit in Dshambul habe ich mir zum ersten Mal einen eigenen Mantel kaufen können. Heutzutage würde man sagen, es war ein minderwertiger, verschlissener Hänger, aber damals war das ein Prachtstück. Ich hatte mir Geld zusammengespart. Tante Karagys-apa und Mutter verscherbelten etwas von ihrer Habe und steuerten ihr Scherflein bei. Unser Leben war, unumwunden gesagt, so miserabel, daß schon der Kauf eines Mantels viel Mühe machte. Als ich es endlich geschafft hatte, wurde das als echtes Ereignis gefeiert.

Jedenfalls war ich auf meinen neuen, langen Mantel sehr stolz. Er war von dunkelblauer Farbe und aus feinem Wollstoff, hatte Kragen und Taschen.

Noch ein blutjunger Bursche, gab ich mich in diesem nagelneuen Mantel sehr wichtig. Als ich während der kurzen Winterferien in Scheker eintraf, trug ich natürlich das neue Gewand.

Mein Shesde – der Mann meiner Tante – war ein beachtlicher Mensch und leidenschaftlicher Jäger. Die Jagd war sein Beruf, dank dessen die Familie mehr oder weniger prosperierte. Er erlegte damals Füchse und Bergziegen. Die Felle der Füchse lieferte er bei der Kürschnerei-Zentrale ab – ihr Verkauf auf dem Markt war streng verboten. Das behielt sich der Staat selbst vor und nahm die Felle den Jägern für einen Pappenstiel ab. Aber darum geht es bei dieser Geschichte nicht.

Der Shesde hatte vier, fünf Jagdhunde – seine Taigane, russische Windhunde. Er besaß auch einen Königsadler, mit dem er auf die Jagd ausritt. Und natürlich hatte er sein Pferd – kurzum all das, was er für sein Gewerbe, die Jägerei, brauchte.

Die anderen Dorfbewohner weideten Schafe, arbeiteten auf dem Feld, er aber ging auf die Jagd und ernährte damit die Familie ganz leidlich.

Der Abgabeplan sah auch vor, daß seine Beute der Kolchose als Bestandteil ihrer Bewirtschaftung angerechnet wurde.

Der Mann meiner Tante war jedenfalls auf seinem Gebiet – der Jagd mit seinen Hunden – ein großer Könner.

Auch die Tante hatte sehr wohl begriffen, daß die Familie ohne die Hunde ein schweres Leben gehabt hätte. Sie fütterte diese Hunde. Die Taigane sahen stets dürr und abgemagert aus, wie das bei Jagdhunden gang und gäbe ist.

Aber Tante Karagys-apa wollte die Hunde nie ins Haus hereinlassen. Offenbar rührt daher auch meine Einstellung, daß ich es überhaupt nicht mag, wenn Hunde im Haus sind. Ich fühle mich ganz unwohl dabei und ziehe es vor, daß die Hunde draußen vor der Tür sind – Hunde gehören auf den Hof und auf die Straße, aber nicht ins Haus.

Aber im Freien war es sehr kalt. Die Windhunde mit ihrem dünnen Fell froren immer. Und Shesdes Hunde waren so dürr, daß sie es bei Nacht doch irgendwie schafften, im Haus unterzuschlüpfen.

Wir schliefen damals auf niedrigen Betten oder auf dem Boden, da es nicht genug Platz für alle gab.

Plötzlich kriegst du mit, wie da jemand still herankriecht und sich direkt auf deine Decke legt – ein Hund rollt sich zusammen und schläft in der Wärme, bei mir und meinem um zwei Jahre jüngeren Vetter Dshaparbek (er hat elf Kinder mit großgezogen!). Wir haben damals natürlich geschwiegen und uns nichts anmerken lassen, selbst wenn der

Hund unter die Decke schlüpfte – macht ja nichts, auch der soll ruhig schlafen können.

Aber wenn die Tante unversehens aufwachte und die Hunde im Haus bemerkte, gab es Krach. Sie schnappte sich einen Stock und schrie los: »Ihr verdammten Köter, wagt es ja nicht mehr, hier aufzutauchen!«

Die Hunde bellten und winselten, während sie von der Tante aus dem Haus gejagt wurden.

Dann meldete sich der Shesde und nahm die Hunde in Schutz: »Wohin jagst du sie bloß? Draußen erfrieren sie doch!«

»Dann sollen sie eben erfrieren!« gab ihm die Tante zur Antwort.

Immer wieder kam es wegen dieser Hunde zum Familienkrach, der sich allerdings bald wieder legte.

Als ich mit meinem neuen Mantel in Scheker eintraf, beschloß der Shesde, mich, den Studenten im letzten Semester, mit auf die Jagd zu nehmen. Zur Fuchsjagd mit den Hunden. Er wollte mir vorführen, wie man Füchse jagt und fängt. Und das machte mich neugierig.

Er beschaffte mir ein Pferd. Die Tante bewirtete uns frühmorgens mit Tee. Es war noch dunkel.

Es muß wohl im Februar gewesen sein, als wir ausritten. Er hoch zu Roß auf seinem Pferd. Ich saß auf dem kleineren Gaul und trug natürlich stolz und zufrieden – meinen neuen Mantel. Warum ausgerechnet zur Jagd, weiß ich nicht. Aber ich ritt mit Mantel, obwohl es angebracht gewesen wäre, die Pelzjacke überzuziehen. Offenbar wollte ich auch bei der Jagd wer sein – mit dem Mantel in der Steppe.

Wir ritten lange durch bergiges Land und waren bereits auf der kasachischen Seite angelangt, wo die Anhöhen in offene Steppe mit ihren Schluchten und Erdwällen übergehen. Dort wachsen auch die hohen Steppengräser – der Tschij – mit Büschen ringsum. Die vier Windhunde, die mit uns zur Jagd ziehen, laufen mal voraus, mal neben uns her. Der Morgen bricht an, und bald ist es hell.

Der Onkel mustert die Spuren und sagt zu mir: »Sieh mal an – hier entlang führen die Spuren. Laß uns in der Richtung übers Schneefeld galoppieren. Da wird der Fuchs sein – gleich hinter der Bodensenkung.«

Tatsächlich – wir sehen ganz deutlich, wie der Fuchs vor uns aufkreuzt: Ein prachtvolles Tier mit rötlichem, aufragendem, ganz langem, buschigem Schwanz. Die Hunde stürzen sofort auf ihn zu, und wir galoppieren hinterher.

Unerwartet ruft mir der Onkel zu: »Bleib stehen! Siehst du die stachligen Büsche da drüben? Dorthin wird der Fuchs rennen. Du darfst ihn auf keinen Fall in den Busch lassen, verstanden? Sonst entkommt er uns. Die Hunde werden ihn dann schon fassen.«

Gesagt, getan. Er prescht mit den Hunden dem Fuchs hinterher, und ich lasse das Pferd, wie mir aufgetragen, an Ort und Stelle anhalten. Stehe einfach da und lasse meine Blicke schweifen. Dabei denke ich mir: Mal sehen, was daraus wird.

Der Fuchs vollzieht wirklich einen großen Kreis. Um uns herum breitet sich weites, offenes Gelände aus. Da kann er unmöglich entwischen. Die Hunde werden ihn hetzen, bis sie ihn erjagt haben.

In solch einem Augenblick wird er sich in Sicherheit bringen wollen. Der Fuchs rennt zu den dornigen Büschen hinüber, um sich dort zu verkriechen. Die Hunde können da nicht eindringen – das verhindern schon die Stacheln. Es sind überwiegend Heckenrosen. Und genau vor diesem Busch harre ich mit meinem Pferd aus.

Aber was bekomme ich zu sehen?

Der Fuchs macht kehrt. Wohin soll er sonst auch abhauen können? Ja, er rennt direkt auf die Heckenrosen zu – und auf mich.

Was für ein toller Anblick! Der Fuchs saust über den strahlend weißen Schnee. Eine einzige Schönheit! Glühende Augen! Gespitzte Ohren! Ein lang gestreckter Körper in vollem Lauf! Der Fuchs rennt mit aller Kraft und leuchtendem Blick direkt auf mich zu. Ich darf ihn nicht in die Büsche lassen und muß ihm den Weg versperren …

Aber ich konnte mich an dem aufregenden Anblick nicht satt sehen. Und der Fuchs mußte irgendwie mitbekommen haben, daß ich ein Tolpatsch bin, den er nicht zu fürchten braucht.

Ich stieg vom Pferd, um ihn aus der Nähe zu bestaunen. Er aber ließ sich nicht bewundern, er sprang zwei, drei Meter von mir entfernt vorüber – und war in dem Dornenbusch untergetaucht.

Die Hunde hatten ihn schon fast erreicht und stürzten jaulend in die Stacheln, blieben stehen und liefen winselnd im Kreis herum.

Da kam dann schon mein Onkel herbeigaloppiert und schrie: »Wo ist der Fuchs?«

»Der Fuchs? Da drinnen hat er sich verkrochen«, antwortete ich.

»Willst du Maulaffen feilhalten?« brüllte er mich an. »Du bist doch genau hier gestanden. Und so einer studiert! In der Stadt! Läuft im Mantel rum und kann nicht einmal einen Fuchs stoppen. Was bist du nur für ein Tölpel! Das hat sogar der Fuchs gerochen! Deinetwegen sind die Hunde ihm zehn Kilometer hinterhergejagt! Wozu war das nötig? Auf wen habe ich mich da überhaupt eingelassen? Du bist ein Taugenichts! Hau ab! Ich will dich nicht mehr sehen.

Aus dir wird sowieso nichts. Warum studierst du denn? Und überhaupt ... Wer soll mit dir noch was anfangen können!«

Er schimpfte wie ein Rohrspatz und ließ an mir kein gutes Haar, rief die Hunde und ritt weg.

Ich blieb allein zurück. Gekränkt und verletzt. Und der Fuchs lag versteckt hinter den Dornen.

Ich mußte mutterseelenallein ins Ail zurückreiten, während Onkelchen mit seinen Hunden weiter auf Jagd ging.

Er war felsenfest davon überzeugt, daß aus mir nie etwas Gescheites werden konnte.

Unterdessen hatte sich das Wetter verschlechtert. Wolken waren aufgezogen, und es fiel schwerer, nasser Schnee vom Himmel. Ich folgte den Spuren, die wir beim Herreiten hinterlassen hatten. Sie waren noch nicht ganz zugeschneit.

Ich beeilte mich beim Heimritt. Der Schnee fiel immer dichter. Mein Mantel saugte sich voll.

Das Prachtstück war schließlich so durchnäßt, daß es seine Form verlor und zu einem Fetzen Stoff zusammenschrumpfte.

# Der wahre Ismail

Den Mann hat es wirklich in unserer Gegend gegeben, erst vor kurzem ist er gestorben. Er war ein Hirte, der die Freiheit liebte und leidenschaftlich gern auf guten Pferden ritt. Ein resoluter und risikofreudiger Mann, der auch gerne tafelte und Lieder sang.

Im Krieg war er der erste Deserteur, von dem wir wußten. Warum und wie das kam, kann ich nicht sagen, aber ihn und viele andere hat es dazu angetrieben, abzuhauen. Ich wußte schon als Junge, daß Ismail desertiert war und sich in den Bergen versteckte. Alle anderen Männer sind an der Front, sagte man, aber Ismail verbirgt sich.

Später tauchten bei uns auch andere Deserteure auf. Zwei von ihnen habe ich in der Kleinen Schlucht im Haus des Müllers angetroffen, als wir die Schweine zur Abgabestelle ins Dorf Grosnoje brachten.

Die erste größere Sache, die ich nach einigen kleineren Erzählungen schrieb, war *Aug in Auge*. Die Novelle *Aug in Auge* entstand in Moskau – noch während des Studiums in den literarischen Seminaren am Literaturinstitut Maxim Gorki. Dort verfaßte ich auch *Dshamilja*, die sofort ihren Platz fand ...

Der kirgisische Literaturkritiker Keneschbek Asanalijew, Doktor der Wissenschaften und Akademiemitglied (erst vor kurzem veröffentlichte er einen großen Artikel über meinen letzten Roman *Das Kassandramal)*, gilt als bedeutender Fachmann der Literatur. Wir fühlen uns sehr verbunden und reden oft über literarische Themen – für mich waren die Begegnungen mit Asanalijew, meinem Altersgenossen, stets wichtig und fruchtbar.

Als ich die Novelle *Aug in Auge* niedergeschrieben hatte, hielt sich Keneschbek Asanalijew in Moskau auf. Ich hatte den sehnlichen Wunsch, das soeben abgeschlossene Manuskript jemandem vorzulesen. Aber wem sollte ich in Moskau einen literarischen Text, verfaßt auf Kirgisisch, vortragen?

Ich rief also Asanalijew an und bat ihn darum, mir zuzuhören. Wir verabredeten uns vor dem Hotel Moskwa.

Dort begrüßten wir uns und begaben uns gleich ins Innere des Gebäudes, um nach einem stillen Ort zu suchen.

Wir fanden schließlich eine kleine Halle auf einer der weitläufigen Hoteletagen. Dort standen ein Stuhl und ein Sofa, offenbar zum Ausruhen gedacht. Zum Glück waren sie nicht besetzt. Wir ließen uns nieder, und ich fing sofort an, ihm in kirgisischer Sprache meine Novelle vorzulesen.

Das dauerte etwa zwei Stunden. Asanalijew hörte mir aufmerksam zu, ohne mich auch nur ein einziges Mal zu unterbrechen. Die Novelle gefiel ihm sehr, sie sei großartig und stark geschrieben, er gab also meinem Werk gleichsam den Segen.

Plötzlich fragte er mich: »Hat es diesen Ismail wirklich gegeben?«

»Ja, er lebt noch«, erwiderte ich ihm. »Man hat ihn geschnappt und als Deserteur ins Lager verbracht. Dort saß er zehn Jahre ab. 1944/45 schickte man ihn auf Transport, ab Mitte der fünfziger Jahre kehrte er in die Heimat zurück. Aber er hat nichts bereut und immer wieder betont: ›Ich habe mein Leben gerettet. Denkt, was ihr wollt. Ja, ich bin geflohen, saß die zehn Jahre ab, aber ihr seht – heil und gesund bin ich heimgekehrt.‹«

Beim Verfassen der Novelle *Aug in Auge* habe ich wegen meiner literarischen Unerfahrenheit den Namen »Ismail« nicht geändert. Für mich war er eine so lebendige Gestalt, daß ich ihr den wahren Namen beließ. Bei den Lesern in der Provinz, in den ländlichen Gegenden und ganz besonders in Scheker hatte sie einen Riesenerfolg. Ismail saß damals die letzten Jahre seiner Haft in Sibirien ab.

Ismail hatte Familie und Kinder und eine große Verwandtschaft. Auch sie wußten Bescheid und befürchteten all die Zeit nachteilige Folgen für die Familie.

Als unser Dramatisches Theater Kirgisiens in der Nachkriegszeit ein Stück nach der Vorlage der Novelle *Aug in Auge* inszenierte, wurde das zum Ereignis. Das Thema war noch frisch genug.

Das Theater zog mit diesem Stück auf Tournee durch die verschiedenen Regionen der Republik. Und so tauchten sie eines Tages auch in Scheker auf.

Alle wußten es und redeten darüber: »Wißt ihr, daß man im Kolchosklub das Stück *Aug in Auge* aufführt?«

Arsen Umuralijew, der Darsteller von Ismail, hat mir später von diesem denkwürdigen Abend erzählt.

Die Handlung beginnt, der Saal ist gerammelt voll.

Einige Leute im Publikum beginnen zu sticheln und reizen Ismails Verwandte, die natürlich anwesend waren: »Da habt ihr nun euren Ismail, diesen Deserteur und Schurken!« In diesem Stil lief das ab. Als das Stück seinen Höhepunkt erreicht, kommt es zu einem Handgemenge.

Das ist der Augenblick für Arsen Umuralijew, den glänzenden Darsteller der Rolle Ismails. Mit einem Satz springt er von der Bühne – mitten in den Saal. Er versucht, die Streithähne auseinanderzubringen.

»Ich bin's!« schreit er und zerrt die Raufenden auseinander. »Ich bin euer Landsmann Ismail, bin einer von euch, aus eurem Dorf! Hört auf mit dem Skandal! Niemand muß mich anklagen oder verteidigen! Schuld an allem ist der Krieg! Jetzt will ich euch von mir selbst erzählen!«

Und schwuppdiwupp ist er wieder auf der Bühne, heult echt los und erzählt von sich selbst, von Ismail und all dem, was ihn zu dieser schicksalhaften Entscheidung gebracht hatte. Er redet und redet, er kann schließlich die Zuschauer von seiner Metamorphose überzeugen. Sie glauben ihm, als er spricht: »Ich bin Ismail. Jetzt sitze ich noch in Sibirien meine Haft ab, ich zähle die Tage und Stunden, bis ich wieder die Freiheit erlange, in die Heimat zurückkehre und euch endlich wiedersehen kann, meine Lieben und alle mir nahen Menschen. Ihr alle seid mir lieb und wert. Ihr alle seid meine Verwandten. Ich warte auf die Befreiung. Ich bereue alles und weine bitterlich! …«

Im Saal wurde lange Beifall geklatscht …

Nachdem Ismail nach Verbüßung seiner Haft in die Heimat zurückgekehrt war, berichtete man ihm natürlich über die Geschehnisse.

Auch mich erreichte die Nachricht über Ismails Heimkehr aus Sibirien. Man hatte ihm erklärt, daß dieser Bursche, der ehemalige Sekretär des Dorfsowjets während der Kriegsjahre, nunmehr ein bekannter Schriftsteller sei, der die Geschichte vom Deserteur Ismail niedergeschrieben und dabei an ihn, den echten Ismail, gedacht hätte. Er habe nach einer gewissen Zeit zu Freunden gesagt: Er sei dem Autor dankbar. Außer den Leuten von Scheker habe ihn früher niemand gekannt. Dank dem Landsmann, einem Schriftsteller, könne er wohl annehmen, daß ihn nun Menschen an vielen Orten kennen, nachdem sie seine Geschichte in verschiedenen Sprachen gelesen hätten …

Ismail hat mir später einen Brief geschickt. »Du hast also eine Geschichte über mich, den Deserteur, geschrieben.

Zwei meiner Söhne dienen jetzt in der Armee. Der eine bei der Flotte, der andere bei etwas Ähnlichem. Verstehst du? Zwei Söhne beim Militär! Nun ist doch alles wieder im Lot.«

Und er legte zwei Fotos seiner Söhne bei. So war der echte Ismail.

Der Leser der Novelle wird sich daran erinnern, wie Sejde, die Frau des Deserteurs, zuerst zu ihrem Mann stand und ihn in seinem Versteck versorgte. Eines Morgens entdeckte sie allerdings voller Erschütterung, daß die Kuh, die Ernährerin der Familie und der Kinder, weg war – gestohlen von einem Dieb. Zu ihrem Entsetzen muß sie feststellen, daß ihr Mann Ismail das für sie Unvorstellbare getan hatte. Und das Schicksal nimmt seinen Lauf. Sejde und Ismail stehen sich am Ende der Geschichte Aug in Auge gegenüber, als er, durch sie ausgeliefert, von Soldaten abgeholt wird …

Der Leser weiß es bereits – dieses Motiv habe ich einer Erfahrung unserer eigenen Familie entnommen und in die Geschichte Sejdes und Ismails übertragen.

## Das Jerseyrind und die Pappel

Nach Abschluß des Instituts arbeitete ich als Tierhalter in leitender Stellung bei der Versuchsfarm des Kirgisischen Wissenschaftlichen Forschungsinstituts für Viehzucht, es heißt abgekürzt: KIRNIISCH.

In dieser Zeit entstand die Novelle *Du meine Pappel im roten Kopftuch*.

Das Institut und unsere Versuchsfarm verfügten über rund hundert Milchkühe, die wir in einem musterhaften Zustand halten mußten. Die Farm war Ziel von Exkursionen, denn wir nahmen bei den Milcherträgen den ersten Platz in der Republik ein. Ich war damals schon ein »Held der Sozialistischen Arbeit«.

Neben allen übrigen Arbeiten entschied ich mich für einen zusätzlichen Versuch.

Auf Jersey, der größten und südlichsten Kanalinsel bei England, gibt es seit langem das Jerseyrind. Diese Rinderrasse – Tiere mit gelbbrauner bis hellroter Färbung – zeichnet sich durch einen hohen Fettgehalt der Milch aus, nämlich fünf bis sechs gegenüber den üblichen dreieinhalb Prozent.

Mir schwebte vor, unsere heimische Rasse mit dem Jerseyrind zu kreuzen und eine neue Spezies zu züchten. Ich stellte einen Antrag auf das Experiment und begründete es. Das Institut genehmigte den Antrag und stellte Mittel zur Verfügung.

Um einen Jerseybullen zu bekommen, fuhr ich nach Leningrad, genauer: nach Gatschina.

Gatschina war ein bekannter Sitz der Zarenfamilie, wohin man während des Zweiten Weltkrieges die Zuchttiere dieser Rasse hingeschafft hatte. Dort suchte ich mir meinen Jerseybullen aus.

Die neue Spezies – so sah ich meine Aufgabe – sollte den Gebirgsbedingungen angepaßt werden und zugleich ertragreich sein. Unser Rind hatte sich den Verhältnissen in den Bergen angepaßt, und die Kreuzung sollte die höheren Milcherträge sichern. Das Gebirgsrind ist in Tadshikistan, Kirgisien und wohl auch in Afghanistan heimisch und für diese Regionen vorzüglich geeignet, aber es gibt wenig Milch ab.

Wir ließen den Jerseybullen im Viehwaggon von Gatschina nach Kirgisien transportieren. Ein Viehpfleger betreute den Zuchtbullen während des zehntägigen Transports – er fütterte und tränkte ihn.

Ich erwartete ihn an der Bahnstation bei der Stadt Dshambul, übernahm den Bullen und brachte ihn in einem Lastwagen zu unserer Versuchsfarm.

Für das Experiment brauchte ich zudem zehn bis fünfzehn Kühe aus den Bergen, damit man mit der Kreuzung beginnen konnte.

Ich verfügte über zwei Lastwagen mit zwei Fahrern. Mit einem der beiden fuhr ich hoch zum Tienschan – über eine lange, kurvenreiche und steile Gebirgsstraße. Das war keine Straße, wie wir sie heute gewohnt sind. Damals sah ich zum erstenmal Lastwagen mit Anhänger. Sie fuhren nach China.

Unterwegs machten wir halt, um zu übernachten. Wir stoppten an einem primitiven Schuppen, einer Art Wohnheim mit Nachtlager.

Eine Frau zündete eine Petroleumlampe an und zeigte uns die Schlafstellen.

Ein gutes Dutzend Betten standen in dem großen Raum.

Die meisten waren noch nicht belegt. Nur in der einen Ecke saßen zwei Chauffeure, die sich schon einiges an harten Getränken hinter die Binde gegossen hatten.

Und neben diesen beiden fand ich mein Nachtlager – der eine von ihnen fuhr, wie sich herausstellte, einen LKW mit Anhänger.

Aber sie beachteten mich gar nicht und unterhielten sich leise. Unwillkürlich hörte ich alles mit.

»Ganz oben am Paß wohnt das Mädchen, in das ich mich verliebt habe. Aber ich komme bei ihr nicht an …«

Der eine erzählte dem anderen, wie er mit seinem Anhänger immer wieder an der Stelle hoch in den Bergen vorüberfährt, wie er die Erinnerung an sie nicht abschütteln kann, wie sich die Geschichte ergeben hat – das ganze Drama eben.

Ja, auch ich war unterwegs. In einer ganz anderen Sache. Aber ich vernahm dabei eine Erzählung, die mir den Anstoß dazu gab, die Novelle zu verfassen, die den Titel erhielt – *Du meine Pappel im roten Kopftuch.*

## Dshamilja und Danijar

Noch als Student am Gorki-Literaturinstitut in Moskau habe ich *Dshamilja* verfaßt. Bis heute erinnere ich mich sogar an den Ort, wo die Novelle entstanden ist – in unserem Wohnheim am Twerskoj-Boulevard. Wann immer ich an dem mir vertrauten Fenster des Heims vorübergehe, denke ich daran. Für mich waren das die herrlichen Tage des »zweiten Studentenlebens« in den Jahren 1956 bis 1958.

Ursprünglich sollte die Novelle den Titel *Melodie* erhalten. Natürlich rührte das von Danijars Liebesliedern her, die er unterwegs sang und improvisierte, als sich Dshamilja an seiner Seite befand.

Wenn wir uns heutzutage in Automobilen fortbewegen, die mit Kassettengeräten ausgestattet sind, mögen wir das an sich für eine große Errungenschaft ansehen – der Mensch kann sich unterwegs nach Lust und Laune Musik aller Stilrichtungen anhören. Sogar mitten im hektischen Lärm der Städte vernimmt man bisweilen musikalisches Dröhnen – die Rhythmen von Rock und Pop aus vorüberbrausenden Vehikeln.

Doch mein verliebter Danijar würde die Verliebten von heute in ihren von Musik und Liedern rauschenden Automobilen bedauern. Die Errungenschaften der Technik haben auch ihre Minuspunkte. Fertigmusik und Kassettenlieder nehmen den Menschen die Notwendigkeit, sich ihre Melodie selbst zu schaffen. Wozu unterwegs noch singen, wenn der Apparat das Lied schon parat hält?

Einst sangen die Menschen selbst, wenn sie sich auf den Weg machten. Ihre Sehnsucht und die Liebe, ihre Gedanken und ihre Dichtung fanden einen unmittelbaren Ausdruck im eigenen Gesang. Wieviel Leben drückte sich aus in solchen Augenblicken! Der Raum, die Bewegung und die seelischen Erlebnisse!

Alles hat seine Zeit und seinen Ort. Für Danijar war der Weg ein Quell des Gesangs und des poetischen Ausdrucks seiner Liebe …

Natürlich hatte auch dieses Werk seine Vorboten im Leben selbst.

Ich muß in diesem Zusammenhang immer wieder an den Zweiten Weltkrieg erinnern. Er war nicht nur ein schreckliches Ereignis im Leben unseres Volkes, hat vielen Menschen das Leben gekostet, Hunger, Kälte und andere kolossale Erschwernisse mit sich gebracht, sondern der Krieg erschütterte auch die Sitten und moralischen Traditionen.

Vor dem Krieg ließen sich die Frauen, die jung verheiratet wurden, so gut wie nie scheiden. Hatte ein Mädchen einmal geheiratet, so blieb sie für immer in der Familie des Angetrauten. Sogar wenn der Mann starb und sie als Witwe zurückließ, bemühten sich alle darum, daß die verwitwete Mutter bei den Verwandten des Mannes blieb – vor allem, wenn Kinder da waren.

Dies war die Tradition, die die Prinzipien des Familienlebens, der Sippe und des Klans über alles stellte. Doch der Krieg markierte den Anfang ihrer Zerstörung.

Solch ein Ereignis im Kreis unserer Verwandten lag der Novelle *Dshamilja* zugrunde.

Die beiden Söhne weitläufiger Verwandter kämpften an der Front. Einer von den beiden war schon jung vermählt, als er eingezogen wurde. Er hatte seine Frau unmittelbar vor Ausbruch des Krieges geehelicht. Der junge Sohn der

Familie wurde als blutjunger Mensch an die Front geschickt. Er verkörpert den Prototyp von Dshamiljas Ehemann.

Die beiden Söhne sind aus dem Krieg nicht mehr zurückgekehrt.

Der Prototyp für Dshamilja war eine sehr lebhafte, unternehmungslustige, junge Frau. Sie war jedoch keine Einheimische, stammte also nicht aus Scheker, sondern aus Kok-Saj. Das hatte jedoch nichts zu besagen – die Leute aus dem breiten Umkreis gingen untereinander Ehen ein. Auch Ehen zwischen Kirgisen und den benachbarten Kasachen waren durchaus üblich.

Ich erinnere mich allerdings nicht mehr genau daran, aus welcher Familie das Vorbild Dshamiljas stammte.

Klar war aber für jeden, daß der Ruf einer jeden jungen Frau, die während des Krieges die Rückkehr ihres Mannes von der Front erwartete, davon abhing, wie sie mit ihrer nächsten Verwandtschaft zurechtkam. Das heißt, man sah darauf, ob sie fleißig und ordentlich war, die Verwandten und die Traditionen achtete.

Unsere *Kelin*, die Braut, entsprach diesem Bild. Das Wort *kel* bedeutet: »Komm zu mir!« *Kelin* ist die *Hinzugekommene*. Eine Frau, die sich zum Mann einer anderen Familie gesellt, also ihn heiratet, nennen wir *Kelin*.

Unsere Kelin verhielt sich zunächst, wie es sich gehörte, und demgemäß gestalteten sich auch die Beziehungen zwischen ihr und uns.

Der Krieg hielt an. Jeder hoffte, daß er auch für ihn selbst einen guten Ausgang nehmen würde.

Unterdessen waren die ersten Soldaten aus unserer Gegend verwundet zurückgekehrt. Außerdem trafen auch evakuierte Familien ein. Ende 1942, Anfang 1943 tauchten viele Menschen aus dem Kaukasus auf – Tschetschenen,

Karatschajer, Tscherkessen und Balkaren. Stalin hatte sie vertreiben lassen. Diese kleinen kaukasischen Völker wurden nach Sibirien oder zu uns nach Mittelasien brutal zwangsumgesiedelt – »Repatriierung« wurde das genannt.

Und es kamen immer mehr Verwundete zu uns nach Scheker, Kok-Saj und Grosnoje, darunter befanden sich auch Zöglinge aus Kinderheimen.

Einer von ihnen war Danijar – das heißt: sein Prototyp. Er stammte ursprünglich aus Kasachstan und wurde, wie ich mich erinnere, in einem Kinderheim großgezogen.

Danijars Vorbild war ein stattlicher Bursche von hohem Wuchs. Man wußte nicht so recht, wohin er eigentlich gehörte, und hatte ihn mit einigen anderen Soldaten in unseren Ail Scheker geschickt, wo sie dann bei verschiedenen Familien einquartiert worden waren. Sie alle waren an der Front verwundet worden, konnten sich aber noch bewegen und arbeiten. Der stattliche Bursche, so hieß es, sei am Rücken verletzt worden – er hinkte mit dem linken Bein.

Eines Tages begegnete er unserer Kelin, der schönen, jungvermählten Frau. Und damit begann die große Liebesgeschichte zwischen *Dshamilja* und *Danijar.*

Mich, ihren Beobachter, haben sie dabei so gut wie nicht bemerkt. Ich war ja nur ein Kerlchen, auf das sie sowieso nicht achteten.

Aber ausgerechnet ich wurde zum Zeugen ihrer nahen Beziehung, ohne daß ich es so gewollt hätte. Mal wartete er auf sie, oder dann erwartete sie ihn. Sie setzten sich aufs Fuhrwerk und fuhren gemeinsam hinaus aufs Feld.

Auch dort habe ich sie gesehen.

Auf einmal geriet alles durcheinander. Unsere Kelin verließ die Familie, in der sie die Heimkehr des Ehemannes von der Front erwarten sollte, von einem Tag zum anderen und zog mit »Danijar« aus dem Ail fort …

Und das kam meiner Tante Karagys-apa zu Ohren. Ich weiß bis heute, wie aufgebracht sie reagierte: »Die glucken doch schon seit langem zusammen. Warum hat man davor die Augen verschlossen!«

Voller Empörung rief sie aus: »Was für eine Schmach! Der Mann ist im Krieg, kämpft an der Front, und die Frau hat ein Verhältnis mit so einem und macht sich mit dem noch auf und davon! Eine einzige Schande ist das – für alle Verwandten!«

Plötzlich wandte sie sich mir zu. »Du warst doch ständig mit denen zusammen und hast mit ihnen gearbeitet!«

Tatsächlich habe ich bei der Vollerntemaschine Buch geführt. Dshamilja und Danijar trugen das Getreide weg. Mitunter arbeiteten wir drei gemeinsam.

»Man sagt, du hast sie kürzlich noch auf dem Basar gesehen, oder? Vielleicht sind sie jetzt unterwegs zum Bahnhof. Beeil dich und finde sie! Sag ihr – das kann nur böse ausgehen. Sie soll zurückkommen. Wir werden ihr verzeihen.«

Ich folgte ihr und suchte Dshamilja am Bahnhof. Und ich entdeckte die beiden. Sie gingen nebeneinander her. Ich genierte mich sehr und wußte nicht, was ich sagen sollte.

Dshamilja spürte das: »Was ist los? Hat sie dich hergeschickt?«

»Ja, sie bittet dich darum, zurückzukommen.«

»Vergebliche Liebesmüh! Ich kann euch zwar verstehen, aber sag deinen Verwandten, daß ich nie mehr wiederkomme. Ich will mit diesem Menschen leben. Wohin er geht, dahin geh auch ich.«

Das war ihre Antwort. Und dabei blieb es auch.

Ich erzählte es der Tante.

Sie war außer sich vor Entrüstung und konnte nicht aufhören, Dshamilja zu schmähen …

Schmähungen richteten sich später auch an meine Adresse. Als *Dshamilja* erschienen war, wurde ich von einem prominenten Schriftsteller Kirgisiens verunglimpft. In aller Öffentlichkeit während einer Parteiversammlung.

Sein Auftritt illustriert die primitiven Vorstellungen, die man über Rolle und Bedeutung literarischer Werke pflegte. Die Partei-Ideologie diktierte die Ziele. Ein Buch sollte das Publikum in ihrem Geist erziehen. Zum Beispiel mußte eine Scheidung unbedingt in der Parteiorganisation erörtert werden. Die Parteiorganisation trat grundsätzlich für den Erhalt der Familie ein.

Ein Mann, der seine Frau verließ, erhielt einen Verweis. Mitunter wurde er aus der Partei ausgeschlossen, was dem Verlust des Arbeitsplatzes gleichkam. Literarische Werke hatten sich an solchen Leitlinien zu orientieren.

Als ich die Novelle schrieb, dachte ich daran überhaupt nicht. Nach ihrer Veröffentlichung zog sie sofort viel Aufmerksamkeit auf sich – im Inland und im Ausland. Überall wurde über diese Neuerscheinung geredet. Meine Kollegen beneideten mich um den einmaligen Erfolg – kaum niedergeschrieben und schon so ein Aufsehen, aber sie, seit langem die »Klassiker«, werden stillschweigend übergangen ... Und mit so einem »Klassiker« bekam ich es zu tun.

Von Zeit zu Zeit fanden im Schriftstellerverband Parteiversammlungen statt. Ohne Billigung durch die Partei wurde niemand in den Schriftstellerverband aufgenommen. Deshalb wollte ihr auch jeder angehören. Man hatte also eine der üblichen Parteiversammlungen im Verband angesetzt. Es wurde über dies und das geredet, vor allem über die Frage, wie die parteiliche Literatur und die Erziehung der werktätigen Massen gestaltet werden müßten.

Plötzlich betritt der Mann, der damals als »Klassiker« galt, die Rednertribüne. Ich sitze im Saal.

»Sie reden da die ganze Zeit über die Erziehung der jungen Schriftsteller«, leitet er seinen Beitrag ein. »Aber wie soll man die noch erziehen können, wenn sie schon auf die schiefe Ebene geraten sind und einen Weg eingeschlagen haben, der die Literatur verdirbt? Erst vor kurzem hielt ich mich am Issyk-Kul-See auf. War Gast einer Kolchose. Sah mich um im Land, weil ich an der Quelle des Lebens erfahren wollte, wie die Menschen auf den Feldern arbeiten. Und wie ich da meines Weges schreite, holt mich ein Bauernwagen ein. Ich trete höflich zur Seite. Doch der Kolchosbauer hält den Wagen an – er hatte gute Pferde eingespannt und war bestimmt ein Aktivist. Er spricht mich an.

›He, Agaj, älterer Bruder, wohin des Weges?‹

›Ich will auf die Felder, um zu sehen, wie unsere Kolchosniks arbeiten.‹

›Aha, jetzt erst erkenne ich Euch. Ihr seid doch der bekannte Schriftsteller?‹

›O ja, der bin ich wohl.‹

›Setzt Euch auf meinen Wagen, ich fahre Euch, wohin Ihr wollt, und zeige Euch, was Euch beliebt.‹

Ich nehme Platz neben dem Kolchosnik. Wir fahren auf ein und demselben Bauernwagen. Plötzlich wendet er sich mir zu. ›Ihr seid doch Schriftsteller? Kennt Ihr auch diesen Aitmatow?‹

›Ja, den kenne ich.‹

›Dann bestellt ihm von mir: Ich würde ihn mit dieser Peitsche züchtigen.‹

›Warum denn das?‹

›Weil er über diese Dshamilja geschrieben hat. Die ist doch eine Hure. Der Mann kämpft an der Front, und sie treibt es mit einem anderen, ja sie haut mit dem ab. Wie kann man nur solche Bücher schreiben!‹

Ihr hört hier Volkes Stimme«, fährt unser Klassiker fort. »Ich gebe von dieser Tribüne nur wieder, was ich aus dem Mund des Volkes vernahm. Und dieser Schriftsteller sitzt mitten unter uns. Schade, daß ich die Peitsche nicht bei mir habe, sonst würde ich ihn auf der Stelle züchtigen, wie er das wegen dieser *Dshamilja* verdient hat.«

Als ich diese klägliche Tirade hörte, wurde mir ganz mulmig zumute. Die Leute starrten mich an und kicherten. Manche gaben mir einen Stoß oder spuckten verächtlich aus. Irgendwer rief aus: »Richtig! Die muß man auspeitschen, die verderben doch das ganze Volk. Das ist der reinste bourgeoise Einfluß. Von daher kommt das, vom Klassenfeind ...«

Ich antwortete nicht darauf, ich lachte mit und tat so, als fände ich das amüsant. Aber in Wirklichkeit war es alles andere als angenehm.

Und dennoch: *Dshamilja* zog schon bei ihren ersten Schritten ins Leben ein glückliches Los. Der Chefredakteur der Zeitschrift *Nowy Mir*, in der die Novelle zum ersten Mal erschienen ist, war seinerzeit Alexander Twardowski.

Mit *Dshamilja* begann meine persönliche, jahrelange Bekanntschaft mit diesem hervorragenden russischen Dichter in der Mitte des 20. Jahrhunderts. In der öffentlichen Meinung jener Tage nahm Twardowski einen führenden Platz ein. Er verkörperte die demokratischen Bestrebungen unter der sowjetischen Intelligenzija und stand ein für die Überwindung des ideologischen Diktats durch die totalitäre Parteiherrschaft.

Jeder Parteisekretär, gleich welcher Organisationsebene, hatte das Recht, über jedwedes Werk und jeden Autor ein Urteil zu fällen und entsprechende Anweisungen zu erteilen.

Paradox an dieser Sachlage war allerdings, daß man dagegen nur in Ausnahmen aufmuckte – man nahm das als etwas Gewohntes hin. Man konnte zwar versuchen, Hindernisse auf diese oder jene Art zu umgehen, aber wenn ein Autor vertraulich Rat und Zuspruch brauchte, dann vermochten ihm nur Persönlichkeiten von der Autorität eines Twardowski zu helfen, weil sie auf die Parteimeinung Einfluß nehmen konnten.

Schon vor *Dshamilja* hatte ich gewisse Erfahrungen mit Zensur und Parteiverdikten gemacht. Mir war zugetragen worden, daß die Veröffentlichung von *Aug in Auge* nur deswegen mehr oder weniger reibungslos verlief, weil die Novelle in Moskau auf russisch erschienen war, in der Zeitschrift *Oktjabr*. Ihr damaliger Chefredakteur war der damals sehr einflußreiche Schriftsteller Parfjonow.

Nur schon die Tatsache, daß ein literarisches Werk in Moskau erscheinen konnte, bedeutete, daß es anerkannt und akzeptiert war.

Nichtsdestoweniger spürte ich, nachdem die Novelle *Aug in Auge* über die tragische Geschichte des Deserteurs Ismail und seiner Frau Sejde herausgekommen war, eine gewisse Verlegenheit und Irritation in meiner engeren Heimat. Allerdings maß ich diesem Umstand damals zunächst keine besondere Aufmerksamkeit bei.

Als aber das Dramatische Theater Kirgisiens – ich habe darüber schon erzählt – die Bühnenfassung vorbereitete, äußerten einige übereifrige Kommunisten ziemlich unzweideutig ihre Einwände und Zweifel: Da wird doch auf offener Bühne die Geschichte des Deserteurs Ismail dargestellt; was will der nur bezwecken; Mitgefühl für einen Deserteur? »Wo bleiben die wahren Helden? Unsere unsterblichen Helden!« riefen sie empört. »Während des Krieges hat man Deserteure auf der Stelle erschossen, doch ausgerechnet unser Aitmatow führt uns einen Deserteur als eine tragische Figur vor! Der will ihn wohl unterschwellig noch rechtfertigen! Wenn Aitmatow künftig in diesem Geist weitermacht, muß man doch darüber nachdenken, wohin uns diese gefährliche antisowjetische Tendenz führt! …«

Aber die Situation war nicht mehr gefährlich – die Novelle stand unter einem wirksamen Schutz, sie hatte ja schon durch die Veröffentlichung in Moskau ihren Segen erhalten.

Auch *Dshamilja* erlebte als Novelle ihre Abenteuer. Die Redaktion hatte sie auf Anhieb für gut befunden, und der Chefredakteur von *Nowy Mir* empfing mich daraufhin in seinem Arbeitszimmer. Bei diesem für mich unvergeßlichen Gespräch schlug mir Twardowski vor, statt des ursprünglichen Titels *Melodie* (auf kirgisisch: *Owon*) den Namen der weiblichen Hauptfigur der Novelle – Dshamilja – zu wählen. An seine Argumente für diesen Vorschlag erinnere ich mich nicht mehr, aber Twardowski überzeugte mich.

Er empfahl mir auch eine kreative Strategie, um den ideologischen Dogmatismus der Funktionäre in der Partei und im Literaturbetrieb zu umgehen. Ich solle demnach meine Geschichten in zwei Sprachen verfassen – Kirgisisch und Russisch –, aber sie zuerst in russischer Sprache in Moskau veröffentlichen, wo es im Vergleich zur Parteiperipherie mehr schöpferische Freiheit gäbe als in den Provinzen, dort wollten die Parteigenossen stets katholischer sein als der Papst.

Die Ereignisse beim Erscheinen der Novelle *Abschied von Gülsary* haben mich nachhaltig davon überzeugt, wie recht Twardowski hatte. *Abschied von Gülsary* hätte ohne diese Strategie in jenen Jahren nicht das Licht der Welt erblickt …

# Beschwörungen

In der Hektik unserer Tage achten wir nicht immer darauf, was Worte beschwören können. Doch mit den Jahren fällt der Blick auf das Verflossene, und man erkennt unversehens, wie sich das Leben – genauer gesagt: die Zivilisation – geändert und dabei viele neue Erkenntnisse und Entdeckungen mit sich gebracht hat. Zugleich aber sind viele Zeichen des Vergangenen in einer *terra incognita* verschwunden. Diese Zeichen entwichener Überlieferung werden rasch vergessen – sie schwinden nicht nur aus unserem Gedächtnis, sondern auch aus der Inventur der Geschichte.

So muß es wohl sein: Die Zeit ist unfaßlich. Gibt es aber die Möglichkeit, das einzufangen, was in dir früher einmal gelebt hat, solltest du eingreifen …

Dem Schicksal verdanke ich, daß ich in den Jahren meiner Kindheit und Jugend einen lebendigen Umgang mit der kirgisischen Folklore erleben durfte – einer Tradition, die auf unterschiedlichen Ritualen, Sitten und Gebräuchen unserer Regionen beruhte. Damals war all das spannend und vergnüglich, erst später habe ich den Sinn dieser Volkstradition begriffen – ihre große Poesie und Philosophie, die Überzeugungen, Hoffnungen und Bestrebungen von Menschen, ihre wechselseitigen Beziehungen mit der Umwelt.

Eine Beschwörung ist Gleichnis und Gelöbnis, Auftrag und Botschaft.

Die *Beschwörung des Sämannes* ist für mich ein Manifest und Gebet. So haben meine Vorfahren ihre Mission als Menschen aufgefaßt, und dieses Erbe ist mir heilig. Ich glaube daran, daß diese Beschwörung auch den Menschen, die Deutsch lesen, ein Vermächtnis darstellt, das sie, so hoffe ich, bewegt …

Wer verfolgt in unserer Zeit noch den Fortgang der Saat bis zur Ernte? Und die Menschen, die für unser täglich Brot sorgen? Das Brot ist doch eine »Dienstleistung« und im Geschäft für Geld zu haben … Doch hört hin, welch tiefes Bewußtsein im alten Lied des kirgisischen Sämannes über seine Mission anklingt!

Oder die Sage vom Mond und dieses unermeßliche Bewußtsein des Menschen von seinem Platz in der Welt, im Kosmos. Der Mensch sieht sein Maß im Universum, und das Universum nimmt ihn in seinen Erkenntnissen wahr …

Und die Beschwörungen des Gebirgspasses und des Gewitters? Werden die Lesenden von heute nicht von dem gepackt, was den Menschen längst vergangener Tage in den Sinn kam, wenn sie sich dem Wirken der Natur aussetzten?

So will ich all denen, die Deutsch lesen, die kirgisischen Beschwörungen als Geschenk überbringen – ich habe sie aus dem Kirgisischen ins Russische übersetzt. Sie erinnern mich an die vielen Lesungen in allen deutschsprachigen Ländern, bei denen sie feinfühlig aufgenommen wurden – in der Nachdichtung von Friedrich, den ich dann »Hitzerbajew« nenne …

## Beschwörung des Gewitters

Tobe, Wetter, tose in der Höh,
Jage, Wetter, jage durch die Wolken,
Herden Stiere brüllen –
Laß die Blitze aus den Hufen
Hoch vom Himmel bis zur Erde zucken …

Rüttle, Wetter, rüttle an den Böden,
Schütte, Wetter, schütte deinen Regen aus,
Laß die Gräser sprießen,
Laß auf Sand und Stein
Wilde Farben blühen,
Gleich zu Heu gedeihen
Und in dichten Schobern stehen!

Laß die Sensen an dem Gras erstumpfen,
Uns mit Händen unsre Mahd beschaffen,
Unser Kreuz sich beugen, brechen,
Rinnen soll der Schweiß von unsrer Stirn!

Tobe, Wetter, tose in der Höh,
Ich verneige mich vor deiner Macht,
Ich verneige mich vor deinem Donner.
Laß der Kühe Euter schwellen,
Frauen freudig melken,
Milch in Strömen fließen,
Mädchen rings ums Feuer
Aus den leckren Töpfen naschen!

Tobe, Wetter, tose in der Höh,
Ich beschwöre dich, Gewitter,
Ich verneige mich vor dir, Gewitter.
Bebe, Himmel, bebe,
Gib uns reiche Ernte,
Bebe, Erde, bebe,
Gib uns reiche Ernte,
Frucht und Knollen, Pflanzen –
Bebe, Himmel, bebe! …

## Am Gebirgspaß

Wir schlafen nicht und halten Wache an den Feuern
Und warten auf den Morgen unterm Paß am Feuer,
Sitzen neben Wolken an den Feuerstätten …

Geister der Berge, steht uns bei auf unsrem Weg!

Wir sitzen unter Sternen,
Pferde spielen mit den Ohren,
Schafe atmen in den kalten Stein …

Geister der Berge, steht uns bei auf unsrem Weg!

Das Feuer haben wir gebracht
Und tanzen, tanzen um die Feuerstätten,
Zu euch sind wir gezogen, Geister der Berge!

Laßt uns weiterziehen, gebt frei den Weg!
Laßt uns unversehrt, den Weg macht frei!
Das Pferd soll nicht stolpern,
Das Schaf nicht ersticken,
Der Kuh das Euter nicht erfrieren,
Laßt uns Eis und Schnee entrinnen!

Wir schlafen nicht und halten Wache an den Feuern
Und warten auf den Morgen unterm Paß am Feuer,
Sitzen neben Wolken an den Feuerstätten …

Geister der Berge, steht uns bei auf unsrem Weg!

## An den Neumond

Ich sah den jungen Mond
Am Himmel neugeboren!
Du zählst die Tage wieder …

Von deinem Licht,
Vom weiten Erdenrund
Empfange ich das Korn
Und Stroh fürs Vieh das ganze Jahr.

Der Witwe nimm die Tränen,
Der Waise gib das Glück,
Dem Wanderer den Weg,
Dem Taugenichts die Angst,
Dem Einsamen den Bruder,
Dem Hund die Jungen,
Dem Fleißigen die Fülle,
Dem Geizhals Winters Vorrat,
Dem Klatschmaul Gift und Galle,
Dem Schelm viel Spaß und Zeitvertreib!
Und laß uns alle leben
Und in dein neues Antlitz blicken.

Sei gegrüßt, du junger Mond
Am Himmel neugeboren, sei gegrüßt!
Nun wachse, bis du voll bist für die nächste Frist,
Da wir dich wieder über uns erblicken …

## Der Sämann

Ich gehe, schreite übers Feld und über Furchen,
Und streue meine Samen aus,
Aus voller Hand nach links, nach rechts, ringsum.
Legt euch nun hin, ihr Körner,
In den warmen Acker wie in Daunen!

Die Handvoll für die kleinen Waisenkinder,
Diese hier für Alte, Einsame und Krüppel,
Jenes Häuflein für das Brot der Armen,
Bei Dürre für die Hungernden im Nachbarland,
Ein weiteres für Fremde ohne Heimat,
Den Händlern und den Gästen beim Besuch.
Und da den Ameisen und Mäusen, den Vögeln,
  jeder Kreatur.
Und dies für alle, für dich, für ihn, für mich,
Für die Familie und die Kinder.

O hilf mir doch dabei, Babadykán, Patron der Felder!
Den Rest will ich schon selbst besorgen,
Die Saat, wie sich's gehört, bewässern,
Kanäle breit und gut anlegen,
Das Unkraut soll die Saat nicht überwuchern,
Und Gauner laß ich nicht die Ernte stehlen,
Die ich beschützen will vor allen Feinden.
Jetzt wachse und gedeihe, trage Früchte,
Jedes Körnchen möge tausend Körner bringen,
Und möge mir Babadykán, Patron der Felder, helfen.

*Vor kurzem wurden in der Kirgisischen Akademie der Wissenschaften bislang verschollene Manuskripte von Tschingis Aitmatow aus den fünfziger Jahren gefunden. Sie veranschaulichen erstmals die Praxis des »Zootechnikers« Aitmatow – der sowjetrussische Begriff* zootechnik *bedeutete »Techniker der Viehzucht auf Kollektivwirtschaften«. Aitmatow stand auf diesem Gebiet eine glänzende Karriere bevor. Er hatte die Fachhochschule für Tierzucht und Veterinärmedizin in Dshambul mit Auszeichnung bestanden und stieg schon nach kurzer Zeit in einer der führenden Versuchsfarmen der Sowjetunion zum »Oberviehzüchter« auf (Russisch: starschi zootechnik).*

*Aitmatow mußte sich zu jener Zeit auch mit der noch vorherrschenden Doktrin des Stalinschen Chefbiologen und Genetikers Lyssenko auseinandersetzen. Ein direkter Angriff auf dessen Theorie war noch unmöglich. In der Theorie dominierte die Ansicht, daß man nur die entsprechenden Umweltfaktoren schaffen müßte, um natürliche Vorgänge zugunsten höchster Erträge zu beeinflussen. Wir können in den folgenden Beiträgen nachlesen, wie sich »Oberviehzüchter Aitmatow« sowohl an das gültige Ritual der Beweisführung hält als es auch bricht, indem er sich nur am Rand mit Bemerkungen über die Theorie ausläßt und so nah wie möglich an der Wirklichkeit seiner Arbeit mit Tieren und den Menschen auf der Versuchsfarm bleibt.*

*F.H.*

# Erfahrungen in der Versuchsfarm

Die Versuchsfarm des Kirgisischen Forschungsinstituts für Viehzucht ist ein erprobter Betrieb, in dem unter praktischen Bedingungen wissenschaftliche Arbeiten zu Fragen der Viehzucht und der Futtermittel durchgeführt werden. Zugleich stellt die Versuchsfarm ein Musterproduktionsunternehmen dar – eine Schule fortgeschrittener Erfahrungen bei Viehzucht und Futtermittelerzeugung.

Seit ihrer Gründung ist die Versuchsfarm zu einem vielseitigen Viehhaltungsbetrieb gewachsen. Gemessen an den Kennziffern der Viehzucht und der Ergebnisse bei den Futtermittelkulturen gehört sie zu den besten Betrieben der Sowjetunion.

Hunderte von Besuchern kommen jährlich zur Versuchsfarm. Ausführliche Gespräche, Vorlesungen und ein Erfahrungsaustausch anhand der Arbeit finden unmittelbar am Ort der Produktion statt …

Die Arbeit und der Einsatz technischer Mittel werden insbesondere vom Turnus der Fütterung und des Melkens bestimmt. Daher dürfte auch klar sein, wie ernst die Frage nach diesem Turnus ist, wenn es um die richtige Organisation der Milchwirtschaft geht.

Bis in die jüngste Zeit war die Methode weit verbreitet, die Tiere mehrfach am Tag zu melken und zu füttern. In der Regel wurde empfohlen, in den ersten zwei Monaten der Laktation eine Milchkuh sechs- bis achtmal täglich zu melken und zu füttern und danach nicht weniger als viermal. Ja, es galt sogar als ausgesprochen unzulässig, eine Kuh weniger als viermal täglich zu melken und zu füttern.

Diese Arbeitsmethode sollte man als die Folge der herrschenden falschen Theorie von der »sekundären Milchbildung« betrachten.

Hatte man doch früher angenommen, daß die Hauptmenge der Milch sich in der Milchdrüse erst beim Melken bildet, das heißt – je öfter man melke, desto größere Mengen Milch würde man erzielen.

Die jüngsten Erforschungen der Vorgänge bei der Milchbildung und dem Melken haben diese Ansicht als falsch widerlegt. Durch die Untersuchungen des physiologischen Laboratoriums beim Kirgisischen Forschungsinstitut für Viehzucht konnte bewiesen werden, daß die Bildung und die Mehrung von Milch in der Milchdrüse beständig und ununterbrochen stattfinden und sich in den Intervallen zwischen dem Melken erneuern.

In der letzten Zeit erscheinen in der Presse für Tierhaltung und Viehzucht immer häufiger Beiträge gegen die bestehenden Praktiken in der Viehzucht, bei der Fütterung und beim Melken der Tiere. Die neuen Versuche zeigen an, daß die Erträge einer Herde nicht vermindert, sondern im Gegenteil gesteigert werden, wenn man weniger melkt.

Dieser Umstand ist damit zu erklären, daß erstens die Arbeitskapazität der Melkerinnen wächst, die verbrauchte Energie der Hände und Arme besser und schneller wiederhergestellt und damit die Qualität des Melkens verbessert wird. Zweitens haben die Tiere mehr Zeit zum Fressen, zur Erholung und zum Auslauf, auch der Grad der Verdauungsfähigkeit durch verbessertes Wiederkäuen nimmt zu. Bei viermaligem Melken betrug der Auslauf täglich fünf Stunden, jetzt, bei dreimaligem Melken, beträgt er acht Stunden. Drittens erhöht sich die Füllung des Euters mit Milch bei der Verminderung um einen Melkvorgang, ebenso wie der Milchentzug korrekt verläuft. Die Belastung der Milchdrüse ist im Verlauf von 24 Stunden ausgeglichener.

Gemolken wird in den gleichen Zeitabständen – nämlich alle acht Stunden …

Wir stellen uns die Aufgabe, die vorhandenen Futtermittel richtig zu nutzen, den Mangel an persönlicher Verantwortung bei der Tierpflege im Winter zu beseitigen, die Arbeit der Viehzüchter sinnvoll zu organisieren und die Entlöhnung der Mitarbeiter nach der Ertragsmenge zu gestalten.

Die Rolle der spezialisierten Viehzüchter wächst derzeit unermeßlich. Sie sollten die echten Organisatoren aller Winterarbeiten auf den Farmen und die aktiven Vorkämpfer für hohe Vieherträge sein.

Mit Hilfe der Spezialisten und unter aktiver Beteiligung aller Farmarbeiter in jedem Betrieb sollten monatliche und tägliche Kostenpläne bezüglich der Fütterung erstellt werden, sowie Produktionsziele für Viehwirtschafterzeugnisse nach Monaten und Dekaden und konkrete Maßnahmen zur Steigerung der Vieherträge ausgearbeitet werden, und dies sowohl für die Stallperiode als auch fürs ganze Wirtschaftsjahr.

Es gehört zu der nicht minder wichtigen Pflicht der Fachleute, für einen richtigen Tagesablauf bei Fütterung und Tierpflege entsprechend den praktischen Gegebenheiten einer jeden Farm zu sorgen. Es ist wichtig, die Mechanisierung der kraft- und zeitraubenden Arbeitsgänge bei der Viehzucht zu erhöhen, besonders des maschinellen Melkens und Tränkens der Kühe, und dabei die Reinigung der Ställe sowie die Vorbereitung und Verabreichung der Futtermittel einzubeziehen. Die Leiter der Kolchosen sollten bei der Mechanisierung der Farmen keine Mittel »einsparen«. Bei der entsprechenden Hilfe von Seiten der Monteure in den Maschinen-Traktoren-Stationen und der Kolchosingenieure können viele Farmen die Mechanisierung kraft- und zeitraubender Tätigkeiten bei der Viehzucht beträchtlich steigern und damit die Produktionskosten von Viehzuchterzeugnissen senken …

*(Auszüge)*

# Genügt dreimaliges Melken?

Genossin Siptschenko, Melkerin in der Sowchose *Frunse*, erklärte vor kurzem in der Zeitung *Sowjetisches Kirgisien*, daß sie meine Praxis, die Kühe dreimal zu melken, für falsch hält. Nach Meinung der Genossin Siptschenko sollte eine Kuh unbedingt viermal am Tag gemolken werden.

In dieser Hinsicht gibt es unterschiedliche Ansichten. Mir scheint, daß man die Frage nach dem Turnus des Melkens unter Berücksichtigung der Bedingungen und Besonderheiten eines jeden Betriebs zu entscheiden hat. Außerdem sollte man dabei die Laktationsperiode und das Futterniveau der Tiere beachten.

Diese Frage ist sehr ernst zu nehmen, denn der Melkturnus ist der entscheidende Punkt der Milchproduktion. In der Regel ist damit der ganze Tagesablauf in einem Viehstall vorgegeben.

All die Jahre haben wir viermal täglich gemolken. Solch ein Tagesablauf erschwerte die Arbeit der Melkerinnen, er ließ die Tiere die für eine bestimmte Zeitspanne vorgesehene Futtermenge mitunter nicht ganz auffressen, so daß sehr wenig Zeit für den Auslauf, die Erholung und Verdauung blieb. Im übrigen stellten wir fest, daß häufiges Melken die Tiere unruhig macht, in Einzelfällen sogar zur Verminderung der Erträge führte.

Aus meiner Arbeitserfahrung kann ich sagen, daß die Melkleistung nicht nur von der Häufigkeit, sondern auch von der Qualität des Melkens abhängt. Man kann oft und dabei schlecht melken, umgekehrt kann man seltener und dennoch in einem energischen und den Bewegungen nach genau ausgearbeiteten Melktempo eine »Zugabe« der Kuh erzielen und sie ganz ausmelken.

Unsere Leitung hat all das berücksichtigt und die Arbeit der Melkerinnen erleichtert, indem wir einen Melkgang und eine Fütterung einsparten, ohne den Milchertrag der Kühe zurückzufahren.

Und das sah so aus:

Am 23. Februar dieses Jahres sind wir zum dreimaligen Melkrhythmus übergegangen. Die Erträge der Kühe in meiner Gruppe in jenen Tagen ergaben folgendes Bild:

*Milcherträge in Kilogramm einer Gruppe von Kühen im Melkstand*

| Viermaliges Melken | | | | Dreimaliges Melken | | | |
|---|---|---|---|---|---|---|---|
| 20.2. | 21.2. | 22.2. | Total | 23.2. | 24.2. | 25.2. | Total |
| 173,8 | 168,2 | 165,4 | 507,4 | 180,1 | 173,9 | 177,1 | 536,1 |

Daraus ist ersichtlich, daß die Verminderung des Melkturnus zu keiner Reduzierung, sondern – im Gegenteil – zu einer Steigerung der Erträge geführt hat. Das gleiche Bild war bei anderen Melkerinnen unseres Betriebs zu beobachten. Warum trat das ein?

Erstens erhöhte sich die Leistung der Melkerinnen – die verbrauchte Energie der Arme und Hände wurde besser und schneller wiederhergestellt; damit verbesserte sich auch die Qualität des Melkens. Zweitens hatten die Tiere mehr Zeit zum Fressen, zur Erholung und zum Auslauf. Bei viermaligem Melken entfielen auf den Auslauf fünf Stunden täglich, bei dreimaligem waren es siebeneinhalb Stunden. In diesem Zusammenhang verbesserten sich die Nahrungsaufnahme und der Stoffwechsel. Drittens wurde die Belastung der Milchdrüsen im Verlauf von 24 Stunden ausgeglichen. Das Melken findet in gleichen Zeitabständen statt, nämlich alle acht Stunden. Dabei verbleiben ganze sieben Stunden zur Erholung der Kühe und der Melkerinnen.

In Kürze wären das die Vorzüge bei dreimaligem Melken. Natürlich rufe ich nicht dazu auf, daß jetzt alle zu unserer Methode des dreimaligen Melkens übergehen sollten. Nach meiner Ansicht kann man in den Betrieben dreimal täglich melken, in denen das Vieh gut mit Futtermitteln versorgt wird, hochrassige, ertragreiche Kühe kontinuierlich gezüchtet werden, systematisch Milch in einem Melkvorgang entzogen wird – bei einer Fassung von zehn bis dreizehn Kilogramm – und erfahrene, qualifizierte Melkerinnen tätig sind. Unter solchen Bedingungen kann man das dreimalige Melken getrost anwenden.

Bei der Melkfrequenz sollte man beachten, daß sie eine nicht ein für allemal festgelegte Größe darstellt, sondern von der Laktationsperiode einer Kuh abhängig gemacht werden kann.

Unsere Melkerinnen und ich melken die Kühe nach dem Kalben während des Hochleistungsmelkens als erste in der Gruppe, erst danach kommen alle übrigen Kühe dran, das heißt nach eineinhalb Stunden. Auf diese Weise wird eine Kuh, die gekalbt hat, sechsmal gemolken. Das sechsmalige Melken dauert rund zweieinhalb Monate und wird danach allmählich auf den dreimaligen Turnus zurückgefahren. Ich empfehle diese Regel allen, unabhängig vom Melkturnus.

Es wäre noch zu sagen, daß wir uns nach dem Übergang auf dreimaliges Melken nicht zur Ruhe setzten, sondern vier Monate danach überprüften, ob wir richtig vorgegangen sind. Dabei ergab sich eine interessante Übereinstimmung.

Genau zwei Tage, bevor der Artikel der Genossin Siptschenko veröffentlicht wurde, haben wir die Kühe wiederum auf den viermaligen Melkturnus gesetzt. Hier sind die Ertragsdaten meiner Gruppe in jenen Tagen:

*Milcherträge in Kilogramm einer Gruppe von Kühen im Melkstand*

| Dreimaliges Melken | | | Viermaliges Melken | | | Bei erneutem dreimaligem Melken | | |
|---|---|---|---|---|---|---|---|---|
| 23.6. | 24.6. | 30.6. | 3.7. | 4.7. | 5.7. | 6.7. | 7.7. | 8.7. |
| 182,5 | 181,9 | 176,9 | 171,0 | 163,3 | 175,3 | 185,4 | 173,5 | 176,4 |
| Total: 541,3 | | | Total: 509,3 | | | Total: 535,3 | | |

Ein ähnliches Bild ergab sich auch bei anderen Melkerinnen. V. Kibikowa, Melkerin der Versuchsfarm, berichtet: »Nach dieser Überprüfung der Methode konnten wir uns nochmal davon überzeugen, daß die von uns angewandte Methode des dreimaligen Melkens die beste für unsere Herde unter den gegebenen Futterverhältnissen darstellt.

Ich will damit nicht behaupten, daß das viermalige Melken der Melkerin Siptschenko falsch sei, da sie ja unter den Bedingungen eines anderen Betriebs arbeitet und die produktiven Eigenschaften ihrer Kühe kennt. Jeder Betrieb und jede Melkerin sollten ihre Möglichkeiten abwägen, die Qualität und die Potenzen der Kühe studieren wie auch das Fassungsvermögen der Euter – und dann das beste System beim Turnus der Fütterung und des Melkens der Kühe herausfinden. So läßt sich die Aufgabe lösen, die Milcherträge zu erhöhen und gleichzeitig die Arbeit der Melkerinnen zu erleichtern.«

*3.7.55*

# Die Maisration bei der Tierfütterung

Unter Viehzüchtern ist es üblich, den Mais – dieses gigantische Einjahresgewächs – als die »Königin der Futterkulturpflanzen« zu bezeichnen. Und das trifft wirklich zu.

Die Erfahrung bei der Tierfütterung in unserem Betrieb hat uns davon überzeugt, daß der Mais hinsichtlich seines Nährwerts und seiner Wirtschaftlichkeit außergewöhnlich ertragreich ist. Dank des reichhaltigen Futterwerts des Maises, insbesondere des Silomaises, entfielen auf jede so gefütterte Kuh 5714 Kilogramm gemolkener Milch. Die tägliche Gewichtszunahme der Kälber bis zum Alter von sechs Monaten betrug durchschnittlich 272 Gramm, das Jungvieh über sechs Monate brachte es im Schnitt auf 532 Gramm Gewichtszunahme. Die Wolle bei jeder Schur eines Schafes betrug im Durchschnitt 5,2 Kilogramm. Jede Legehenne erbrachte den Ertrag von 199 Eiern im Jahr.

In unserem Betrieb wurden die Tiere übers ganze Jahr ununterbrochen mit Mais gefüttert. Davon entfielen auf das Futter mit Silomais 210 bis 215 Tage, an 20 bis 25 Tagen erhielten sie frisch geschnittenen Grünmais. Der Anteil an Körnermais im Futterkonzentrat beträgt 35 bis 40 Prozent.

Mais stellt eine ideale Silokulturpflanze dar, weil eine rentable Organisation der Stallhaltung und der Halb-Stall-halb-Weidehaltung von Vieh nur dann möglich ist, wenn es Maissilo gibt. Das Silo spielt eine besonders wichtige Rolle bei der Fütterung von Milchkühen im Winter, Frühling und Herbst. Der Silomais verfügt über hohe Milcherzeugungseigenschaften und läßt bei einer Ergänzung des Futters durch Rüben das Kalben sowie die Laktation in der Herde durchs ganze Jahr hindurch zu. In den Jahreszeiten, in denen es kein Grünfutter gibt, wird dieser Mangel durch die Fütterung aus den Silos kompensiert, so daß man ähnlich hohe Milcherträge wie im Sommer erzielen kann.

Der Silomais und das Luzerneheu stellen in unserer Praxis die unentbehrliche Grundlage der Futterration für Milchkühe dar. Alle anderen Futtermittel werden der Ration als Zusatz beigegeben, um die Eiweißsubstanzen und die Mineralstoffe zu erhöhen. Gepflegter Silomais ist ein ausgezeichnetes Kraftfutter für Milchvieh. Die Kühe fressen das mit großer Lust. Man kann einer Kuh bedenkenlos bis zu 35 Kilogramm Silomais am Tag verfüttern. Die Kühe unserer Herde erhalten im Tagesschnitt 24 bis 30 Kilogramm Silofutter, angefangen von der zweiten Dekade im Oktober bis zur zweiten Dekade im Mai. Bei Auswertung der Erträge ergibt 1,5 Kilogramm Silofutter einen Liter Milch.

Wir führen das Silofutter den Kühen viermal am Tag zu, und zwar nach jedem Melkgang. Es wird in Konzentraten verstreut und mit ganzen Rüben verabreicht.

Valentina Georgiewna Kibikowa, die beste Melkerin der Versuchsfarm, die ihren neun Kühen im Melkstand jeweils 5985 Kilogramm Milch jährlich entzogen hat – in der Republik nimmt sie den ersten Platz beim Melken ein – widmet der Fütterung der Kühe mit Silomais ihre besondere Aufmerksamkeit. Sie hält den Silomais für das unübertroffene Futtermittel, um einen ertragreichen Milchentzug zu erzielen; sie bemüht sich darum, auch den Kühen, die frisch gekalbt haben, möglichst viel davon zu verfüttern. Ihre Arbeitserträge bestätigen, daß sich der Einsatz lohnt.

Am 16. Februar dieses Jahres hat die Kibikowa der Kuh Zebra am 28. Tag nach dem Kalben 50,315 Kilogramm Milch entmolken. In diesen Tagen erhielt die Kuh Zebra 36 Kilogramm Silomais und weitere 11 Kilogramm Konzentrate in ihrer Futterration. Die Kibikowa gab sich damit nicht zufrieden – das Hochleistungsmelken der Zebra dauert an. Wir glauben, daß der Silomais für das Hochleistungsmelken der Kühe unentbehrlich ist.

Während der Hochleistungsmelkperiode steht vor den Viehzüchtern die Aufgabe, eine Kuh mit Futtermitteln zu versorgen, die sie kräftigen und viel Milch erzeugen helfen, also außerordentlich viel Nährstoffe enthalten, so daß die vorhandenen Nährwerte den Bedarf des Tieres für sich selbst um etliches übersteigen. In dieser Hinsicht kann kein anderes Futtermittel mit dem Silomais mithalten. Er wirkt wie Kraftfutter, er enthält Milchstimulantien, hat hohen Nährwert und einen hohen Grad an Verdaulichkeit. Ohne Silomais müßte man, um die nötige Menge an Nährstoffen fürs Hochleistungsmelken einer Kuh zu erzielen, Futtermittel in einer Menge bereitstellen, die das Tier physisch nicht verkraften könnte.

Silomais und Körnermais haben nicht nur für Milchkühe eine wichtige Bedeutung. Wir verwenden Silomais reichhaltig in der Zeit vor dem Kalben, wenn die Kühe trokkenstehen müssen.

In den letzten Monaten vor dem Kalben brauchen die Kühe Nährstoffe für das Wachstum der sich intensiv entwickelnden Frucht ebensosehr wie eine Reserve für die Entwicklung des Zellgewebes der Milchdrüse. Deshalb benötigen hochträchtige Kühe auch hochwertiges, leicht verdauliches, kompaktes und zugleich ausreichendes Futter.

In dieser Hinsicht ist Silomais ein ausgezeichnetes Futter mit allen nötigen Eigenschaften. In unserer Praxis erhalten die trockenstehenden Kühe jeweils 18 bis 20 Kilogramm Silomais am Tag und 35 Prozent an Konzentraten in Form von Schrotmais. Dank diesem Umstand werden die Kühe auf das Kalben richtig vorbereitet.

Am ersten Tag nach dem Kalben geben unsere Kühe in der Regel 15 bis 16 Kilogramm Erstmilch ab. Aber die oben erwähnte Kuh Zebra, die in der Trockenstehperiode 24 Kilogramm Silomais erhält, hat schon am ersten Tag 25,1 Kilogramm Erstmilch abgegeben.

Nur unmittelbar vor und nach dem Kalben darf den Futterrationen einer Kuh kein Silomais beigegeben werden, das gilt für sieben bis acht Tage zuvor und danach für vier bis zwölf Tage, und zwar in Abhängigkeit vom Zustand des Euters.

Mais nimmt auch bei der Organisation einer rationalen Futterweise der Tiere eine wichtige Rolle ein. In unserem Betrieb hat das Akademiemitglied I. I. Sacharjew den Futtertypus mit geringem Konzentrat ausgearbeitet. Dieser Typus beruht auf einem hohen spezifischen Gewicht des Maises in der Struktur der Futtergrundlage, die nach Nährstoffwerten und reichhaltiger Zugabe an Silomais bestimmt wird.

Wenn der Betrieb über Mais verfügt, kann man das Vieh auf rationale Weise füttern, den Nährwert des Futters ausbalancieren und zugleich rentabel und ertragreich wirtschaften. Rentabel ist die Ration dann, wenn Silomais und Körnermais den zentralen Platz im Futter einnehmen, da sie die nahrhaftesten und billigsten Futtermittel darstellen. Als Vorbild dienen unsere Rationen, die nach der besagten Methode des Akademiemitglieds Sacharjew zusammengestellt werden.

Eine Kuh erhält während des Trockenstehens – bei 24 Kilogramm Milchertrag pro Tag – folgende Futtermittel:

| | |
|---|---|
| Luzerneheu | 5,0 kg |
| Futterrüben | 40,0 kg |
| Silomais | 30,0 kg |
| Gehäckselter Mais | 2,5 kg |
| Gehäckselte Gerste | 2,5 kg |
| Gehäckselter Hafer | 1,0 kg |

Der gesamte Nährwert dieser Ration entspricht 19,22 Futtereinheiten. Auf Silomais und Körnermais entfallen dabei 10,32 Futtereinheiten, d. h. mehr als 50 Prozent der Nährwertration. Die Kosten der angeführten Ration in Preisen des Betriebs betragen 10,01 Rubel. Davon entfallen 3,26 Rubel auf den Silomais und Körnermais, d. h. nur 32 Prozent.

Aus den angeführten Daten ist ersichtlich, daß Mais den größten Nährwert besitzt (mehr als 50 Prozent des gesamten Nährwerts) und das billigste Futtermittel ist (die Kosten der Maisanteile betragen 32 Prozent der Gesamtkosten einer Ration). Dem Mais ist es zu verdanken, daß man eine erhebliche Wirtschaftlichkeit und Rentabilität der Futterration erzielen kann.

In unserem Betrieb wird der Mais nicht nur als Silomais und Körnermais verwendet. Im Sommer dient er als Grünfuttermais. Auch in dieser Form stellt Mais die Hauptkomponente der Futtermittel dar, wenn er entsprechend unserem Fruchtwechsel gesät und geerntet wird. Der zu verschiedenen Zeiten gesäte Mais als Zugabe zu Grünfutter kann an Milchvieh und Jungtiere ununterbrochen den ganzen Sommer über bis zur Mitte des Herbstes verfüttert werden. Während der Blüte und des Fruchtansatzes der Körner werden die Maishalme geschnitten und auf den Viehhof geschafft. Hier vergären sie im Silo, nachdem sie gehäckselt worden sind. Das erhöht die Verdaulichkeit des Futters erheblich. Der Saft der Pflanze enthält viel Zucker, der bei der Gärung der Halme reichlich ausquillt, die Masse feucht, weich und schmackhaft macht. Wenn man dieses Grünfutter mit einer kleinen Menge an Konzentraten noch geschmacklich anreichert, gewinnt man ein außerordentlich nahrhaftes und milchtreibendes Futter. Wir lassen die Gärung der Grünmaishalme jedesmal unmittelbar vor der Fütterung einsetzen, legen also in keinem Fall Vorräte davon an, weil der zuckerhaltige Saft in frischer Luft die Bildung schädlicher Mikroorganismen begünstigt.

Die Häckselung der Halme von Grünmais ist optimal bei 1,0 bis 1,5 Zentimeter. Wir verfüttern solchen Mais in einer Menge bis zu 35 Kilogramm täglich an eine Milchkuh. Ungehäckselter Mais hinterläßt viele Rückstände. Bei der Gärung der zerschnittenen Halme werden die Rückstände fast vollständig reduziert. Wir verfüttern den Grünmais unter Zugabe von Konzentraten viermal am Tag, und zwar immer nach dem Melken. Auch die trockenstehenden Kühe müssen unbedingt mit Grünmais gefüttert werden. Solchen Kühen verabreichen wir rund 20 Kilogramm Mais täglich. Unsere Praxis zeigt, daß bei der Organisation einer vollwertigen Fruchtfolge der Mais eine Kultur darstellt, die unerläßlich ist.

Mais nimmt auch in den Futterrationen für Zuchtbullen einen zentralen Platz ein. Silomais wirkt sich auf die Aktivität der Bullen günstig aus. Wir verabreichen ihnen 16 bis 20 Kilogramm Silomais und 12 bis 16 Grünmais. Der Anteil an Körnermais im Konzentrat der Ration für Zuchtbullen beträgt 30 Prozent.

Bei der Aufzucht von Jungvieh verfolgen die Viehhalter das Ziel einer starken Gewichtszunahme – das Tier soll kräftig und gut entwickelt sein, über eine potente Verdauung verfügen und in der Folgezeit eine große Futtermenge aufnehmen können, um hohe Erträge zu erbringen. Die Kälber müssen deshalb vom frühesten Alter an an grobes Kraftfutter gewöhnt werden. Silomais ist auch für Kälber ein ausgezeichnetes Futtermittel. Er läßt sich gut verdauen – die organischen Säuren, die Silomais enthalten, stimulieren die Magenfermente und fördern damit die Entwicklung des Verdauungsapparats.

Die Kälberpflegerin W. Kucharewa versorgt die Kälber mit Silomais ab einem Alter von anderthalb Monaten. Zunächst verfüttert sie 100 Gramm und steigert die Futtermenge allmählich. Mit sechs Monaten fressen die Kälber schon bis zu zehn Kilogramm Silomais. Üblicherweise wird dem Silomais eine geringe Menge an Konzentraten nach dem Melken beigemischt.

Wenn von Fütterung mit Mais die Rede ist, denken viele nur an Milchvieh. So verhält es sich aber nicht: Unsere Erfahrung bei der Schafzucht zeigt, daß die Erträge bei der Schur von Wolle davon bestimmt werden, ob man Mais bei der Fütterung verwendet – in erster Linie Silomais.

Der Winter stellt einen Viehzüchter vor die größte Verantwortung: Bei der Schafzucht muß berücksichtigt werden, daß die Wolle zur Winterzeit am intensivsten wächst. Futtermängel bei Schafen zeigen sich vor allem an der Wolle – ihr Wachstum läßt rasch nach. Deshalb muß man rechtzeitig, und zwar schon ab dem Herbstende, das Wachstum der Wolle durch Zusatzfutter unterstützen. Im Verlauf des ganzen Winters bis zur Frühjahrsmitte füttern wir die Schafe regelmäßig mit Silomais, den sie morgens und abends mit großer Lust und ohne jeden Rückstand auffresssen, und zwar aus hölzernen Futterkrippen. Wir rechnen mit zwei Kilogramm täglich für das Mutterschaf, mit eineinhalb Kilogramm für Lämmer und Böckchen, mit zweieinhalb Kilogramm für Zuchtwidder. Besondere Aufmerksamkeit widmen wir der Fütterung mit Silomais für Mutterschafe, da sie ja in jedem Betrieb die Hauptmasse der Herde stellen.

Die letzten Monate vor dem Lammen trächtiger Schafe fallen auf den Winter. Das Muttertier braucht dann unbedingt die Nährstoffe, die sowohl für das Wachstum der Wolle als auch für die Entwicklung der Frucht sorgen. In dieser Zeit gibt es für die Mutterschafe kein besseres Futter als Silomais. In der Zeit des Lammens wächst der Bedarf an Silomais. Wir steigern dann die Menge dieses Futtermittels für die Muttertiere, damit sich Milch bilden kann. Lammende Mutterschafe, die mit Silomais gefüttert werden, verlieren unter diesen Bedingungen fast keine Lämmer mehr. Lämmer kommen ja zumeist nur dann zu früh zur Welt, wenn das trächtige Muttertier an ernährungsbedingten Mangelerscheinungen leidet und das heranwachsende Junge im Leib nicht ernähren kann.

Silomais ist auch ein wertvolles Futtermittel für Jungschafe, die ihr erstes Winterlager erleben. Der erste Winter drückt der ganzen weiteren Entwicklung und der Ertragfähigkeit des Tieres seinen Stempel auf. Gut verarbeiteter Silomais enthält alle Nährstoffe, vor allem auch die Vitamine, die das Tier braucht. Unsere Erfahrung zeigt, daß sich Jungtiere, denen im Winter Silomais verfüttert wird, gut entwickeln, an Gewicht kräftig zunehmen und im ganzen so wachsen, daß sich auch die Wollfläche ausbreiten kann. Solche Jungschafe lassen hohe Schurerträge erwarten.

Bei den Futterrationen für Hühner bei uns nimmt Körnermais den wichtigsten Platz ein. Wir verfüttern ihn geschrotet oder in Form ganzer Körner. Wir rechnen mit 35 bis 40 Gramm Mais pro Henne am Tag. Die Hühner fressen auch den Silomais sehr gern, der für sie als Kraftfutter sehr nützlich ist. Seine organischen Säuren wirken sich auf ein erhöhtes Legen von Eiern günstig aus. Silomais kann man Hühnern nach Belieben verfüttern.

Gez. T. Aitmatow
*Oberviehzüchter der Versuchsfarm des*
*Kirgisischen Forschungsinstituts für Tierzucht*
*21.2.55*

## Tschingis Aitmatow im Unionsverlag

---

**Abschied von Gülsary**
Der Hirte Tanabai und sein Prachtpferd Gülsary haben ein Leben lang alles geteilt: Arbeit und Feste, Siege und Niederlagen, Sehnsucht und Enttäuschung.

**Aug in Auge**
Aitmatows Erstling, ein Jahr vor »Dshamilja« erschienen. Auf solche Weise war von Armut und Kriegsnot im Hinterland noch nicht geschrieben worden.

**Dshamilja**
Im Vorwort zu dieser Neuausgabe hält Aitmatow Rückschau auf die Geschichte von Dshamilja und Danijar, die »zur schönsten Liebesgeschichte der Welt« wurde.

**Du meine Pappel im roten Kopftuch**
Iljas, der Lastwagenfahrer, will das verschneite Pamirgebirge bezwingen. Dabei verspielt er die Liebe seines Lebens und verstrickt sich in den Fängen seines Stolzes.

**Goldspur der Garben**
Die Kolchosbäuerin Tolgonai erzählt am Totengedenktag dem Feld von ihrem Leid. Ihren Mann und ihre drei Söhne hat sie im Krieg verloren. In einfachen Worten ruft Tolgonai ihr ganzes Leben in Erinnerung.

**Das Kassandramal**
Eine rätselhafte Erscheinung bringt die Menschen rund um den Erdball in Aufruhr. »Mein persönliches Echo auf die Zeit nach der Perestroika.«

**Die Klage des Zugvogels**
Frühe Erzählungen aus den Jahren 1953 bis 1965. Sie dokumentieren den Weg des Autors zum Erneuerer einer erstarrten Literatur.

---

**Tschingis Aitmatow im Unionsverlag**

---

**Liebesgeschichten**
Die drei schönsten Liebesgeschichten in einem Band: »Dshamilja«, »Du meine Pappel im roten Kopftuch« und »Aug in Auge«.

**Der Richtplatz**
Awdji Kallistratow, der ausgestoßene Priesterzögling, geht auf die Suche nach den Wurzeln der Kriminalität – eine Reise, die für ihn zum Kreuzweg wird.

**Ein Tag länger als ein Leben**
Die erweiterte Neuausgabe: »Angesichts des Wirbels von Ereignissen hatte ich begriffen, daß ich den Roman anders schreiben mußte – ohne zu vereinfachen, ohne mich zu zügeln.«

**Die Träume der Wölfin**
Tiergestalten spielen in Aitmatows Prosa oft eine Hauptrolle. Für diesen Band wurden sie aus seinem Gesamtwerk zusammengestellt.

**Der weiße Dampfer**
»Er hatte zwei Märchen. Ein eigenes, von dem niemand wußte. Und ein zweites, das der Großvater erzählte. Am Ende blieb keins übrig. Davon handelt diese Erzählung.«

Tschingis Aitmatow/Daisaku Ikeda
**Begegnung am Fudschijama**
Ein Dialog über persönliche Erfahrungen, Erinnerungen, Hoffnungen und Ängste. In Ikeda hat Aitmatow den Partner gefunden, vor dem er Bilanz über Leben und Werk ablegen konnte.

---